Denis Johnson

Jesus' Son

ジーザス・サン

デニス・ジョンソン　柴田元幸［訳］

白水社
EXLIBRIS

ジーザス・サン

ボブ・コーンフィールドに

目いっぱい薬やって
イエスの息子みたいな気分のとき……

――ルー・リード「ヘロイン」

ジーザス・サン　目次

装丁　緒方修一

ヒッチハイク中の事故

Car Crash While Hitchhiking

郵便はがき

おそれいりますが切手をはりください。

101-0052

東京都千代田区神田小川町3-24

白水社 行

購読申込書

■ご注文の書籍はご指定の書店にお届けします。なお，直送をご希望の場合は冊数に関係なく送料300円をご負担願います。

書名	本体価格	部数

★価格は税抜きです

(ふりがな)

お名前 (Tel.

ご住所 (〒)

ご指定書店名（必ずご記入ください）	取次	（この欄は小社で記入いたします）
Tel.		

『エクス・リブリス ジーザス・サン』について (9001)

■その他小社出版物についてのご意見・ご感想もお書きください。

■あなたのコメントを広告やホームページ等で紹介してもよろしいですか？
1. はい（お名前は掲載しません。紹介させていただいた方には粗品を進呈します） 2. いいえ

ご住所	〒 電話（ ）		
（ふりがな）お名前	（ 歳） 1. 男 2. 女		
職業または学校名		お求めの書店名	

この本を何でお知りになりましたか？
新聞広告（朝日・毎日・読売・日経・他〈 〉）
雑誌広告（雑誌名 ）
書評（新聞または雑誌名 ） 4.《白水社の本棚》を見て
店頭で見て 6. 白水社のホームページを見て 7. その他（ ）
お買い求めの動機は？
著者・翻訳者に関心があるので 2. タイトルに引かれて 3. 帯の文章を読んで
広告を見て 5. 装丁が良かったので 6. その他（ ）
出版案内ご入用の方はご希望のものに印をおつけください。
水社ブックカタログ 2. 新書カタログ 3. 辞典・語学書カタログ
ブリッシャーズ・レビュー《白水社の本棚》（新刊案内／1・4・7・10月刊）

記入いただいた個人情報は、ご希望のあった目録などの送付、また今後の本作りの参考にさせていた
以外の目的で使用することはありません。なお書店を指定して書籍を注文された場合は、お名前・
住所・お電話番号をご指定書店に連絡させていただきます。

酒を分けてくれた、眠りながら運転していたセールスマン……体じゅうバーボン浸けだったチェロキー……大学生が操る、ハッシッシの煙霧《えんむ》のあぶくでしかないフォルクスワーゲン……

そして、ミズーリのベサニーから西へ走っていた男と正面衝突して死なせてしまった、マーシャルタウンからやって来た家族……

……土砂降りの雨のなかで寝ていたせいでずぶ濡れになった体で俺は起き上がった。意識もまだ完全に覚めていなかった。いま言った三人のおかげだ――セールスマン、インディアン、学生、三人とも俺にドラッグをくれたのだ。入口ランプの隅っこで、どうせ誰も拾ってくれないだろうと思いながら俺は待っていた。こんなにびしょ濡れじゃ、乗せてやろうなんて思う奴がいるわけない。だったら寝袋を畳むだけ無駄だ。俺は寝袋をケープみたいに体に巻きつけた。ざあざあ降りの雨がアスファルトを引っかき、轍《わだち》でゴボゴボ鳴った。いろんな思いがみじめに飛び交った。旅回りのセールスマンにもらった薬のせいで、血管の内側がこそげ取られたみたいな感じだった。あごが痛んだ。俺には雨粒一滴一滴の名前がわかった。俺は何もかもを、それが起きる前から感じとった。一台のオールズモービルが停まってくれることが、車がスピードも落とさないうちからわかったし、中に乗った家族の感じのいい声で、嵐のさなかにこの車が事故に遭うこともわかった。

どうでもよかった。最後まで乗せてってやるよ、とその家族は言った。

男とその妻は小さい娘を自分たちと一緒に前に座らせ、赤ん坊は俺とずぶ濡れの寝袋が乗り込んできた後部に置いたままにした。「そんなに速くは行けんからね」と男は言った。「女房も子供たちもいるでね」

あんたらだぜ、事故起こすのは、と俺は思った。そして寝袋を左側のドアに立てかけ、それと交差する格好で眠った。生きようが死のうがどうでもよかった。赤ん坊は俺の隣、座席の上で、何ものにも邪魔されずに眠っていた。生後九か月くらいだった。

……でもそういったもろもろの前に、その日の午後、セールスマンと俺は、奴の高級車でさっそうとカンザスシティに乗り入れたのだった。奴が俺を拾ってくれたテキサスからはじまって、俺たちは醒めた、危ない仲間意識を育んでいた。奴が持っていたアンフェタミンの瓶を二人で空にし、何度も高速を降りてはカナディアン・クラブと氷を買った。車には円筒型のドリンクホルダーが左右のドアについていて、車内は白が基調で、革がたっぷり使ってあった。うちまで乗せてやるから泊まってけよ、けどその前にちょっと知り合いの女のとこに寄るからさ、とセールスマンは言った。

馬鹿でかい灰色の脳味噌みたいな中西部の雲の下、漂うような気分でハイウェイを降り、陸に乗り上げる感じでカンザスシティのラッシュアワーに入っていった。速度を落としたとたん、一緒に旅することの魔法は燃え去った。セールスマンは女友だちのことをべらべら喋りつづけた。「俺そいつのこと好きなんだよ、愛してるんだよ、だけど女房はいるし子供も二人いるし、やっぱり義務ってものがあるからな、それに俺、女房のこと愛してるんだよ、俺って愛する才能があるんだな、子供たちのことも愛してるし、親戚もみんな愛してる」。奴がえんえん喋るのを聞いてると、俺は見捨てられたみたいな情けない気分になった。「俺ボート持ってるんだ、十六フィートの、車も二台あるし、裏庭はプールが作れるくらい広い」。女友だちは仕事に出ていた。家具屋を経営しているという。ここで奴は俺の前から消えた。

雲は夜になるまで変わらなかった。それから、暗かったせいで、嵐が迫ってくるのが俺には見えなかった。フォルクスワーゲンを運転していた、俺の頭にハッシッシをたっぷり詰め込んだ大学生は、町の境界を出てすぐのあたりで俺を降ろした。ちょうど雨が降り出したところだった。薬もさんざんやってたけど、とにかくもうふらふらで、立ち上がれもしなかった。出口ランプの外れの芝生に寝転がって、目が覚めたら、寝ているあいだにできた水たまりの真ん中にいた。

それから、さっき言ったとおり、マーシャルタウンから来た一家のオールズモービルがばしゃばしゃ水をはね上げて雨の道を進むなか、俺は後部席で眠っていた。でも瞼の向こうが透けて見える夢を見たし、脈はコチコチ秒を刻んでいた。ミズーリ西部を抜ける高速は、当時はまだ大半、一車線ずつの道路にすぎなかった。セミトレーラーが前からやって来て反対側を走り抜けると、何も見えなくなるくらい水しぶきが飛んできて、自動洗車機のなかに引っぱり込まれるみたいにものすごい音がした。ワイパーはフロントガラスの上で立ったり倒れたりをくり返したが大して効き目はなかった。俺はくたくたで、一時間ばかり経つと眠りもだいぶ深くなった。

何が起ころうとしているのか、俺にははじめからわかっていた。でも男と女房の声にやがて俺は目が覚めた。二人とも、起ころうとしていることを狂暴に否定していた。

「うわ——危ないい！」

「危ないい！」

前の座席の背に俺が思いきり叩きつけられたせいで、席が壊れてしまった。俺の体が前後にボコボコ跳ねた。人間の血だとすぐわかった液体が車内に飛び散り、俺の頭に降ってきた。それが済むと俺はまた後部席に戻っていた。起き上がってあたりを見回した。ヘッドライトは消えていた。ラジエーターがしゅうしゅう鳴っていて、それ以外は何も聞こえなかった。どうやら意識があるのは俺だけらしかった。目が慣れてくると、赤ん坊が隣で仰向けに、何ごともなかったみたいに横になってるのが見えた。目は開いていて、小さな手で自分の頬を探っていた。

そのうちに、ハンドルにつっ伏していた男が体を起こし、目を細くしてこっちを見た。顔はめちゃくちゃに潰れて、血でどす黒く染まっていた。見るだけで俺の歯が痛んだ。けれど男が喋り出すと、男の歯は一本も折れてないみたいに聞こえた。

「どうしたんです?」

「事故に遭ったんだ」と男は言った。

「赤ん坊は大丈夫ですよ」と俺は言ったが、赤ん坊の具合がどうなのか俺には全然わからなかった。

男は妻の方を向いた。

「ジャニス」と男は言った。「ジャニス、ジャニス!」

「大丈夫ですか、奥さん?」

「死んでる!」と男は言って、怒ってるみたいに妻の体を揺すった。

「死んじゃいませんよ」。今度は俺の方が、何だって否定する気でいた。

幼い娘は生きていたが気絶していた。眠ったままぐずるみたいな声を出した。でも男は妻の体を揺すりつづけた。

「ジャニス!」男はどなった。

妻がうめき声を漏らした。

「死んでませんよ」と俺は言って車から這い出て、駆け出した。

「女房が起きないんだ」と男が言うのが聞こえた。

夜の道路に、なぜか赤ん坊を両腕に抱えて俺は立っていた。雨はまだ降っていたはずだが、天気のことは何も覚えていない。出てみてわかったのだが、二車線の橋の上で車は別の車に衝突したのだった。足下の川は暗くて見えなかった。

相手の車の方へ歩いていくと、きしるような、金属っぽいいびきが聞こえてきた。開いている助手席のドアから誰かが体半分、くるぶしで空中ブランコからぶら下がるみたいな格好で放り出されていた。車は横からぺしゃんこに潰されて、車内にはもうその人間の脚がとどまるすきまもなく、まして運転手やらほかの人間やらがいる余地なんかなかった。俺はそのまま前を通り過ぎた。

遠くからヘッドライトが近づいてきた。俺は橋のたもとまで行って、片腕を振って車を停め、もう一方の腕で赤ん坊を肩に押さえつけていた。

それは大型のセミトレーラーで、ギアをぎしぎし言わせてスピードを落とした。運転手が窓を開けると、俺は叫んだ。「事故があったんだ。助けに行ってやってくれ」

「ここじゃUターンできないよ」と運転手は言った。

奴は俺と赤ん坊を助手席に乗せてくれた。俺たちはただ車内に座って、トレーラーのヘッドライトが照らす事故の有様を見ていた。

「みんな死んだのか?」運転手が訊いた。

「誰が死んで誰が死んでないかわからない」俺は白状した。

運転手は魔法瓶からコーヒーをカップに注いで、駐車灯以外は全部消した。

「いま何時?」

「えーと、三時十五分くらいかな」と運転手は言った。

その態度は、この一件については何もしないという方針を裏づけているみたいだった。俺は安心もしたし涙ぐんでもいた。自分に何かが求められているとさっきから思っていたが、それが何なのか知りたくなかった。

もう一台、反対方向から車がやって来ると、これは声をかけた方がいいと思った。「赤ん坊、預かってくれるか?」と俺は運転手に訊いた。

「あんたが持ってた方がいい」と運転手は言った。「それ、男の子だろ?」

「うん、だと思う」と俺は言った。

めちゃめちゃになった車からぶら下がった男は、俺が通りかかるとまだ生きていた。そいつがひどくやられているという事実に俺はだんだん慣れてきた。俺は立ちどまり、自分にできることが何もないことを確かめた。男は騒々しく、無作法にいびきをかいていた。息をするごとに血が口から泡を立てて出てきた。もうあと何回も息はしないだろう。俺にはそのことがわかっていて、こいつにはわからない。ゆえに俺は、この世における人間の一生のひどく哀れなることにつくづく感じ入った。人間みんないずれ死ぬってことじゃない、べつにそれがひどく哀れなんじゃない。俺が言っているのは、こいつは自分が何を夢に見てるのか俺に伝えられないし、俺はこいつに現実はどうなってるのか教えてやれないってことだ。

まもなく橋の両側に車の列が出来ていって、一連のヘッドライトのせいで、湯気を立てている路面がナイターみたいな雰囲気になっていた。救急車やパトカーがそろそろと入ってきて、あたりの空気が妙に色づいた。俺は誰とも喋らなかった。俺の秘密は、この短い時間のうちに、この悲劇の中心人物から、血まみれの事故に居合わせた顔のない傍観者に変わったことだった。そのうちに、俺が車に乗っていたことを警官の一人が聞き出して、俺の証言をメモした。このへんのことは、警官に「煙草を消してください」と言われたこと以外何も覚えていない。俺たちはしばし話をやめて、死にかけた男が救急車に運び込まれるのを眺めた。男はまだ生きていて、まだ品なく夢を見ていた。血が糸みたいに流れ出た。膝ががくんと動き、頭がかたかた鳴った。

俺はどこも悪くなかったし、事故も目撃していなかったが、警官としては俺に事情聴取しないわけには行かないし、病院へ連れていかないわけにも行かなかった。緊急治療室入口のひさしの下に乗りつけたところで、パトカー無線に、男が死んだという知らせが入った。

タイルの廊下に俺は立って、濡れた寝袋をかたわらの壁に押しつけて、地元の葬儀屋と話していた。

医者が立ちどまって、レントゲンを撮った方がいいと俺に言った。

「結構です」

「いま撮っておくといいですよ。あとで何か出てきたら……」

「俺、どこも悪くないです」

男の妻が廊下をやって来た。きらきらと、燃えるように神々しかった。亭主が死んだことを女はまだ知らない。俺たちは知っている。だからこそこの女は、俺たちに対して力を持っていた。医者が女を、廊下の奥の、机のある部屋に連れていった。閉めたドアの下から、何か驚くべき方法によってダイヤモンドが焼却されてるみたいに、まばゆい光のスライスが放射されていた。何とすさまじい肺！　鷲が悲鳴を上げたらこんなふうだろうという声で女は悲鳴を上げた。生きていてそれを聞くのは素晴らしいと思えた！　あのときの気分を、俺はそのあともずっと探し求めてきた。

「俺、どこも悪くないです」――その言葉を口にしたことに自分でも驚いてしまう。でも俺には前々から、医者に嘘をつく傾向があったのだ。健康っていうのは医者をだます能力のことだと思ってるみたいに。

何年かあとに、シアトル総合病院のディトックス〔アルコール依存症患者の治療センター〕に入れられたときも、同じ戦法を使った。

「何か異常な音か声が聞こえるかね?」と医者は訊いた。

「助けてくれ、あぁ、痛い」脱脂綿の箱が悲鳴を上げた。

「いいえ、そういうわけでも」と俺は言った。

「いえ、そういうわけでも」医者は言った。「それってどういう意味かね」

「いまそれを話す元気、ないんです」と俺は言った。黄色い鳥が鼻先をぱたぱたはためいて、俺の筋肉が引きつった。俺は魚みたいにばたばたもがいた。目をぎゅっと閉じると、熱い涙が眼窩《がんか》から噴き出した。目を開けると、俺は腹ばいに寝ていた。

「この部屋、なんでこんなに白くなったんだ?」俺は訊いた。

美人の看護婦が俺の肌に触っていた。「これはビタミン剤よ」と看護婦は言って、針を突き入れた。

雨が降っていた。巨大なシダが頭上に垂れていた。森が漂うように丘を下っていた。急流が岩のあいだを流れ落ちるのが俺には聞こえた。なのにあんたらは、あんたら馬鹿らしい人間どもは、俺に助けてもらえると思ってるんだ。

二人の男

Two Men

一人めの男に会ったのは、海外戦争退役軍人会館でのダンスパーティーの帰り道のことだ。いい仲間二人に抱きかかえられて、俺はダンスパーティーを出るところだった。仲間と一緒に来たことなんか忘れていたけど、二人ともちゃんとそこにいた。またしても俺はこいつらが憎らしくなった。俺たち三人は、いまだ正体不明の、何か根本的な誤解に基づくグループを作っていた。徒党を組んで、一緒に酒場へ行ったり話をしたりした。たいていの場合、こういう偽りの同盟は一日か一日半でコケるものだが、今回はそれがもう一年以上続いていた。その後みんなで薬局へ強盗に入ったときに一人が怪我をして、残り二人（その一方が俺だ）はだらだら血を流してるそいつを病院の裏口に置き去りにし、そいつは逮捕されて、三人の絆は消滅した。そのあと俺たちは保釈金を払って奴を留置場から出してやったし、もっとあとになって、奴に対する告訴もすべて取り下げられたが、俺たちはもう胸を破って開き卑怯者の心臓をさらけ出してしまったわけで、そんなことやったあとでは、仲間でなんかいられるわけがない。

退役軍人会館でのその晩、俺は一人の女と踊って、巨大なエアコンの陰まで女をじりじり押していった。俺は女にキスして、スラックスのボタンを外し、前の部分に手を入れた。女はその一年くらい前まで俺の仲間の一人と結婚していて、俺は前々から、この女とはいずれきっといい仲になるだろうと思っていた。ところがそこへ、女のボーイフレンド――意地の悪い、やせた、頭のいい男で、俺はこいつに劣等感を抱いていた――がエアコンの表側からやって来て、俺たちを睨みつけ、女に向かって、ここを出ろ、車に乗れ、と言った。男が手を出すんじゃないかと俺はびくびくしたが、女を追うように男もさっさと姿を消した。その晩ずっと、俺は一秒も休まず考えていた。あいつが仲間を連れて戻ってくるんじゃないか？　痛い目、恥ずかしい目に遭わされるんだろうか？　俺は銃を持っていたけど、その銃というのがとてもじゃないが使えそうもない代物だった。値段もすごく安かったし、引き金を引いたらきっと手のなかで暴発してしまうにちがいない。だから銃なんかあったって、ますます赤恥だ。あとになって、町の連中が（俺の想像のなかでたいていそれは女と話している男どもだ）言うだろう――「あいつ銃持ってたのにズボンから出しもしなかったんだぜ」。ウェスタンのバンドが演奏をやめて場内のライトが点くまで、俺は目いっぱい飲みつづけた。

二人の仲間に連れられて、俺の小さな緑色のフォルクスワーゲンに乗り込むと、最初に言いかけた男、第一の男が、後部席でぐうぐう眠っていた。

「誰だ、こいつ?」と俺は二人の仲間に訊いた。でも二人もそいつを見るのは初めてだった。

俺たちに揺すぶられて目を覚ますと、男は起き上がった。相当の大男で、頭が車の天井に届くところまでは行かないが、横幅がおそろしくあって、顔もずんぐりと丸く、髪は短く刈り込んでいる。男は車から降りようとしなかった。

そして自分の耳と口を指さし、耳も聞こえないし口もきけないと身ぶりで伝えた。

「どうしたらいいんだ、こういうときは?」と俺は言った。

「とにかく俺は乗るぜ。おい、ちょっと向こう行けよ」とトムが男に言って、男と並んで後部席に座った。

リチャードと俺は前に乗り込んだ。三人みんなで、新しいお仲間の方を向いた。

男はまっすぐ前を指さして、それから両手を重ねて頬にあてた。おねんねのしぐさだ。

「要するに家まで乗っけてくれってことかな」と俺は言った。

「じゃあさっさと乗っけてやりゃいいだろ」とトムが言った。トムはすごく角張った顔だちなので、実際以上に険悪に見える。

我らが乗客は身ぶり手ぶりで行き先を示した。運転している俺には見えないので、トムがその指示を伝えた。「そこを右折――左折――スピード落とせってさ――探してるよ――」そんな具合。

俺たちは窓を開けて走っていた。穏やかな春の夕暮れは、何か月も凍てつく冬が続いたあとでは、外国人の息を顔にかけられてるみたいだった。我らが乗客の指示で行った先は住宅地で、花のつぼみが枝先から殻を破って出てきていて、庭では種がうめき声を上げている。

車から降りてみると、男はゴリラみたいに大きかった。両手をだらんと垂らした姿は、いまにも突然腰を落として足先を丸めて歩き出しそうだ。ある家の玄関に通じる道を男は歩いていって、ドアをどんどんとノックした。二階で明かりがついて、カーテンが動いて、また明かりが消えた。男は車に戻ってきて、片手で屋根をばんばん叩いた。俺は男を置き去りにして逃げようと車のギアを入れた。

男はフォルクスワーゲンの前面を体ですっぽり包んだ。そしてそのまま寝入ってしまったみたいだった。

「家を間違えたのかな」とリチャードが言った。

「走れやしないぜ、こんなふうに寝込まれちゃ」

「発進しろよ」とリチャードが言った。「で、急ブレーキをかけるんだ」

「ブレーキ効かないんだよ、この車」とトムがリチャードに言った。

「サイドブレーキは効くよ」と俺は二人を安心させようとして言った。

トムは苛ついていた。「さっさと出ればいいんだよ、そうすりゃ奴も落っこちるさ」

「怪我されても困るぜ」

結局、みんなで男を持ち上げて後部席に戻した。男はどさっと窓に倒れ込んだ。またしてもお荷物を抱え込んだわけだ。トムが嫌味ったらしく笑った。俺たちは三人とも煙草に火をつけた。

「キャプランだ、俺の脚を撃ちにきたんだ」と俺は、角を曲がってきてそのまま俺たちを追い抜いていった車を見て脅え上がって言った。「間違いない、キャプランだ」車のテールライトが前方に消えていくのを見守りながら俺は言った。

「お前、まだアルセーシャのこと心配してんのか？」

「だって俺、あいつとキスしてたんだぞ」

「キスしちゃならんって法律はないぜ」とリチャードが言った。

「弁護士の心配してるんじゃないさ」

「キャプランの奴、そこまであの女に本気じゃないと思うな。お前のこと殺すとか、そんなとこまではさ」

「あんた、どう思う」と俺は酔っ払ったお仲間に訊いてみた。

男はわざとらしくいびきをかきはじめた。

「こいつ、ほんとは聞こえるんだぜ――ヘイ、聞こえるんだろ、あんた」とトムが言った。

「どうする、こいつ?」

「連れて帰ろうぜ」

「やだね、俺は」と俺は言った。

「誰かが連れて帰るっきゃないぜ」

「こいつの家、あそこなんだよ」と俺は言った。「さっきのノックの仕方でわかる」

俺はその家まで行って、玄関のベルを鳴らし、ポーチの下まで下がって、闇のなかで二階の窓を見上げた。白いカーテンがもう一度動いて、女が何か言う声がした。

カーテンの縁に片手の影が見える以外、女の姿は見えなかった。「さっさとそいつ連れてかないと警察呼ぶわよ」と女は言った。胸に憧れの念が洪水のように押しよせてきて、俺は溺れてしまうんじゃないかと思った。と、女の声がとぎれて、それから、漂うように流れてきた。

「いま電話の前に来たわよ。ダイヤルを回してるところよ」と女は柔らかな声で呼びかけた。

どこかそんなに遠くないところで、車のエンジン音が聞こえた気がした。俺は通りへ駆け戻った。

「どうした?」とリチャードが、乗り込んできた俺に言った。

ヘッドライトが、角を曲がってこっちへやって来る。俺の体がぶるっと震えた。あんまりひどく震えたせいで車体が揺れた。「やばい」と俺は言った。車内に光がいっぱい広がって、二秒ばかり、本が読めるくらいまぶしかった。フロントガラスに貼りついた埃の筋の影がトムの顔をストライプに染めた。「大丈夫、誰でもないって」とリチャードが言った。誰だかわからないまま、とにかくその車が通りすぎていくと、あたりはまた闇に包まれた。「だいたいさ、キャプランはお前の居場所なんか知らないよ」

恐怖がどっと押しよせてきたせいで、俺はすっかり血の気が失《う》せていた。体がゴムになったみたいだった。「じゃあこっちから探し出すさ。さっさとケリつけるんだ」

「だけど向こうはなんとも思っちゃいないかもしれんし、それとも――ま、俺にはわからんけどね。俺なんかに何がわかる?」とトムが言った。「だいたい俺たち、なんだってあんな奴の話をしてるんだ?」

「お前のこと、許してるかも」とリチャードが言った。

「冗談じゃないぜ。許されたりしちゃ、俺たち永遠の同志とかなんとか、そんなのになっちまう」と俺は言った。「俺はただださ、さっさと罰を受けて終わりにしたいんだよ」

我らが乗客は挫けなかった。おでこやわきの下に触ったり、それらしく体をぐるっと回したり、野球のコーチがサインを出すみたいにいろんなジェスチャーをやってみせた。

「おい」と俺は言った。「わかってるんだぜ、お前が喋れるってこと。あんまり俺たちのことを甘く見るなよ」

奴の指示に従って俺たちはその界隈を抜け、線路近くの、ほとんど人の住んでない一帯まで出ていった。薄明かりのともった掘立て小屋が、ちらほらと何軒か、あたりを包む闇の底に沈んだみたいに建っている。でも男に言われて俺が車を停めた前の家には明かりは何も点いていなくて、道路に街灯がともっているだけだった。クラクションを鳴らしても反応はない。男もじっと座ったままだ。さっきからずっと、男は実にいろんな要望を表明していたが、言葉はひとことも喋っていなかった。何だかだんだん、他人の飼い犬を押しつけられたみたいな気になってきた。

「ちょっと見てくるぜ」と俺はわざと邪険な声で男に言った。

そこは小さな木造の家で、洗濯ロープを掛ける柱が表に二本立っている。ぼうぼうに生えた芝が、いったん雪につぶされ、それがまた雪どけで露出していた。俺はノックもせず窓に寄っていって、中を覗いてみた。椅子がぽつんとひとつ、楕円形のテーブルの前に置いてあった。家にはもう誰も住んでいないらしくて、カーテンも敷物もない。床一面に何かキラキラ光る物が転がっていて、使用済みのフラッシュバルブか空の薬莢かと思ったが、とにかく暗くてはっきりしなかった。目がくたびれるまでじっと見ていると、床全体にいろんな模様が見えてくる気がした。犠牲者の遺体の輪郭をしるしたチョークの跡とか、奇妙な儀式を行なうための模様とか。

「おい、入ってみろよ、あそこ」と俺は車に戻っていって、男に言った。「行って見てみろって。このペテン師、負け犬」

男は一本指を立てた。一。

「何だよ」

一。一。

「もう一か所行きたいんだよ」とリチャードが言った。

「もう一か所ならもう行ったよ。ここがそうだ。それもでたらめだったじゃねえか」

「どうしたいんだよ、お前?」とトムが言った。

「わかったよ、連れてってやるよ、どこ行きたいか知らんけど」。俺は家に帰りたくなかったのだ。俺の女房は前と人が変わってしまったし、家には生後六か月の赤ん坊がいる。その小さな息子を、俺は怖がっていた。

次に男を連れていった場所は、旧街道にぽつんと建った一軒家だった。この道には前にも何度か来たことがあって、来るたびにだんだん遠くまで足を延ばしていたけど、何か気分がよくなる眺めを見たためしがなかった。仲間が何人か、このあたりで「農場」をやっていたけど、警察の手入れを喰らってみんな刑務所に入れられていた。

この家は農場とは関係ないらしい。旧街道から三百メートルばかり外れたところに建っていて、玄関のポーチは道路にぴったり接している。前に車を停めてエンジンを切ると、家のなかから音楽が聞こえてきた。ジャズだ。洗練された感じの、寂しげな音楽。

俺たちはみんなで、物言わぬ男と一緒にポーチに上がっていった。男がドアをノックした。トム、リチャード、俺の三人は、男のかたわらに、わずかな、きわめて微妙な距離を置いて立っていた。

ドアが開いたとたん、男は体を押し込むようにして中へ入っていった。俺たちもくっついて入ったが、俺たちは玄関先で立ち止まり、男はそのままずんずん次の部屋に進んでいった。

俺たちは台所より向こうには行かずじまいだった。向こうの部屋には薄暗い青い光がともっていて、ドアごしに覗いてみると、堂々とした、ほとんど巨人用という感じの二段ベッドが壁から張り出していて、幽霊みたいな顔色の女たちが何人か寝転がっていた。その女たちと同じような雰囲気の若い女が一人、部屋から出てきて、俺たちをじっと見た。女のマスカラはにじみ、口紅はキスしたせいで剝げてしまっている。スカートははいているがブラウスは着ていなくて、ティーン雑誌の下着の広告みたいに白いブラだけ着けていた。でも女はティーンっていうほど若くはなかった。女を見ていると、俺と女房がまだ激しく恋をしていてそれが恋だとわかりもしなかったころ、二人でよく原っぱへ行ったことを思い出した。

女は手で鼻をさすった。眠そうなしぐさだ。二秒としないうちに、女の横に、黒人の男が一人、ぴたっとくっついた。男は手袋で片方の手のひらをぴしゃぴしゃ叩いている。すごい大男で、とろんとした目で俺を見下ろしていた。ドラッグをやってる人間特有の、何があろうとびくともしなさそうな感じでにやにや笑っている。

若い女が言った。「前もってお電話下さればお伝えしましたのに。あの人を連れてきて下さらない方が有難いって」

相棒の男はさも嬉しそうな顔をした。「うまい、実にうまい言い方だ」

女の背後の部屋で、俺たちが連れてきた男は、出来損ないの彫刻みたいにつっ立って、肩をすぼませ、ひどく不自然なポーズをとっている。こんな馬鹿でかい両手、これ以上持ち運べるわけないとでも言いたげな様子。

「何が問題なんだ、あいつ?」とリチャードが訊いた。

「本人がはっきり自覚しない限り、何が問題でも同じことだと思うね」と黒人の男が言った。

トムがちょっと笑ってみせた。

「あいつ、仕事なんなの?」とリチャードは若い女に訊いた。

「とびきり優秀なフットボール選手よ。少なくとも前はそうだったわ」。女の顔は疲れていた。何もかも、どうでもいいっていう顔。

「いまも優秀さ。いまもチームの一員だよ」と黒人の男が言った。

「学校に籍もないのよ」

「籍さえあればチームに復帰できるさ」

「でももう二度と戻りやしないわよ、だってあの人もうおしまいなんだもの。あんただって、そうよ」

男は片方の手袋を前後にひゅっひゅっと振った。「ありがとうベイビー、それくらい自分でもわかってるよ」

「手袋片っぽ落としたわよ」と女が言った。

「ありがとうベイブ、それもわかってる」と男は言った。

と、大柄で筋肉質の若者が現われて、俺たちの輪に加わった。血色のいい頬、角刈りの金髪。こいつがこの家の主人だろう、という気がしたのは、ほとんどクズ籠大の緑色のビールジョッキを片手に持っていたからだ。ジョッキには鉤十字とドル記号が描いてある。いかにも愛用の品といった趣で、見るからに自宅でくつろいでいる感じ。パジャマ姿で『プレイボーイ』のカクテルパーティーをぶらぶら歩き回るヒュー・ヘフナーみたいだ。

若い男はにこにこ笑って俺の方を向いて、首を横に振った。「あいつをここに泊めるわけには行かん。タミーが嫌がるんでね」

「オーケー、タミーってのが誰かは知らんが」と俺は言った。知らない連中と一緒にいて、俺は腹が減ってきた。何となくあたりに淫らな匂いが漂っている。俺の悩みをすべて追い払ってくれる妙薬の香り。

「いま外に連れ出してくれると都合がいいんだがね」と大柄の主人が言った。

「そもそもあいつ、なんていう名前なんだ?」

「スタン」

「スタン。あれほんとに耳が聞こえないの?」

若い女がふふんと鼻を鳴らした。

若い男が笑って、「そいつぁいいや」と言った。

リチャードが俺の腕をげんこつで叩き、もう帰ろうと言うようにドアの方をちらっと見た。リチャードもトムもこの連中を怖がっている。実を言えば、俺だって怖い。べつに痛い目に遭わされそうだってことじゃない。でもこいつらと一緒にいると、なんだか自分たちが、トンマな落伍者になった気がしてくるのだ。

若い女は俺の心を傷つけた。女はすごく柔らかくて、完璧に見えた。まるで肉で出来たマネキンだ。体の芯まで、全部肉。

「置いてこうぜ——いまだ」と俺はどなって、ドアを駆け抜けて外に飛び出した。

俺がもう運転席に乗り込み、トムとリチャードも半分くらいまで来たところで、スタンが家から出てきた。「逃げろ! 逃げろ!」とトムがリチャードに続いて乗ってきながらわめいたが、走り出したころにはスタンはもうドアの把手をしっかりつかまえていた。

俺はアクセルをぐっと踏んだが、相手はあきらめなかった。そのうちに車よりわずかに先行しさえして、ぐるっとふり向いて、窓から俺の方を覗き込んだ。異常なアイコンタクトを続けながら、小馬鹿にしたようににたにた笑っている。まるで、いつまでもあんたらと一緒だぜと言ってるみたいな顔だ。男はどんどん速く走り、口からは息を雲のように吐き出している。五十メートルばかり走って、大通りの一時停止標識に近づいてきたところで、何とか振り切ろうと俺が目いっぱいアクセルを踏むと、男は頭から標識に激突した。標識の柱が若い茎みたいにへなっと折れて、男はその上にばったり倒れ込んだ。きっと木が腐っていたんだろう。ラッキーな奴だ。

男を置いてけぼりにして俺たちは逃げた。さっきまで一時停止標識が立っていた十字路を、男はよたよた歩きまわっている。「俺、この町の人間ならみんな知ってると思ってたんだけどな」とトムが言った。「あんな連中、見たこともないぜ」

「あいつら前はスポーツ選手だったのに、いまじゃみんなヤク中だ」とリチャードが言った。「あいつら、フットボールだよな。知らなかったよ、フットボールの奴らがあんなふうになるなんて」。トムはいま来た道をふり返っていた。

俺は車を停めた。三人でうしろをふり返った。四百メートルばかりうしろで、スタンが星空の下の野原に埋もれるようにして佇んでいる。頭が割れるほどの二日酔いを抱えてるか、外れてしまった頭を首に戻そうとしてるかみたいに見える。でも外れたのは頭だけじゃなかった。男の何もかもが、切り離され、投げ捨てられてしまっていた。聞こえないのも喋れないのも無理はない。言葉と全然かかわりを持たないのも無理はない。そういうたぐいのものは、すべて使い尽くされてしまったのだ。

男をぽかんと見ながら、俺たちはオールドミスになったみたいな気分だった。男は、死の花婿。

俺たちは車を出した。「結局、一言も喋らせられなかったな」

町への帰り道ずっと、トムと俺は奴を批判した。

「お前らにはわからんのだよ。チアリーダーだろうがチームのレギュラーだろうが、なんの保証もありやしないんだ。いつ何がおかしくなっちまうか、わかったもんじゃないのさ」と、自分も高校でクォーターバックか何かだったリチャードが言った。

市内に入って、街灯の行列がはじまったとたん、俺はまたキャプランのことを考え出して、また怖くなってきた。

「ぐずぐず待ってるより、こっちからさっさと奴のところに行った方がいいかな」と俺はトムに言ってみた。

「奴って?」

「誰だと思うんだよ?」

「なあ、いい加減に忘れたらどうだ?　もう終わったんだよ。ほんとにさ」

「わかったよ、オーケー、オーケー」

俺たちはバーリントン・ストリートを進んでいった。クリントンと交差する角の終夜営業ガソリンスタンドの前を過ぎると、一人の男が店員に金を払っていた。男も店員も男の車の前に立って、不気味な硫黄色の光を浴びている（当時あの町ではナトリウムのアーク灯が導入されたばかりだった）。二人の周りに広がるアスファルトのあちこちで、緑色っぽい油のしみがきらきら光っている。男の古びたフォードにはまったくなんの色もなかった。「いまの誰だかわかったか？」と俺はトムとリチャードに言った。「あれ、サッチャーだぜ」

俺は大急ぎでUターンした。

「だからどうだっつうの？」とトムが言った。

「だからこれだっつうのさ」と俺は言って、いままで一度も撃ったことのない32口径銃を出してみせた。

リチャードが笑った。なぜ笑ったのか俺にはわからない。トムは両手を膝に置いて、ため息をついた。

サッチャーはもう車のなかに戻っていた。俺は反対方向からポンプの前に入って、窓を開けた。「こないだの正月ごろ、お前が二一〇ドルで売ってたインチキクスリ買ったんだがな。お前は俺のこと知らんだろうけど——お前に頼まれたあのなんとかって奴から買ったからな」。俺の言ってることがサッチャーの耳に届いたかどうかも怪しいと思う。俺はサッチャーにピストルを見せた。

錆びついたフォード・ファルコンをサッチャーが発進させると、タイヤがきゅううんと高い音を立てた。ワーゲンで追いつけるとは思えなかったが、俺はぐるっと旋回してあとを追った。「あいつが売りつけたクスリ、インチキだったんだぜ」と俺は言った。

「買う前に試してみなかったのか?」とリチャードが言った。

「なんかすごく変なクスリだったよ」

「だからさ、試してみてればさ」とリチャードは言った。

「そのときはよさそうだったんだよ、でもやったらよくなくってさ。俺だけじゃない。みんなそう言ってた」

「おい、逃げられそうだぜ」。サッチャーの車は突然、ビルとビルのあいだに消えてしまった。

裏道を抜けて別の通りに出たが、見つからなかった。と、まっすぐ前にある、だいぶ前に積もった雪が、車のブレーキライトでピンク色に染まるのが見えた。

「あの角を曲がったぞ」と俺は言った。

そこのビルを曲がると、サッチャーの車が駐車してあった。誰も乗っていない。前はアパートだ。アパートの明かりがひとつついて、また消えた。

「二秒差だ」。サッチャーが俺のことを怖がってると思うと元気が湧いてきた。駐車場の真ん中にワーゲンを停めて、ドアも開けっ放し、エンジンもかけっ放し、ヘッドライトも煌々《こうこう》とつけたまま車を降りた。

トムとリチャードを従えて階段を駆け上がって二階に行き、ピストルでドアをがんがん叩いた。ここだ、間違いない。もう一度がんがん叩いた。白いナイトガウンを着た女がドアを開けた。女はあとずさりして、「やめて。わかった。わかった。わかったわ」と言った。

「お前、サッチャーに言われてドア開けたんだな。じゃなきゃ開けっこないもんな」と俺は言った。

「ジムのこと？　ジムなら出張で出かけてるわ」。女は長い黒髪をポニーテールに束ねていた。両の目玉がぶるぶる震えている。

「奴を出せ」と俺は言った。

「カリフォルニアに行ってるのよ」

「奥の部屋にいるんだろ」。俺はピストルをつき出して女をじりじり追いつめていった。

「ここには子供が二人いるのよ」と女はすがるように言った。

「知るかそんなの！　床にしゃがめ！」

女がひざまずくと、俺は女の顔を横にねじ曲げて絨毯に押しつけ、こめかみにピストルをつきつけた。

これでサッチャーも出てくるはずだ。こないはずはない。「女は床にへたりこんでるぞ！」と俺は奥の部屋に向かってどなった。

「子供たちが寝てるのよ」と女が言った。女の目から涙が出て、鼻柱を越えて流れていった。

出し抜けに、すごく間抜けな感じで、リチャードが廊下をずかずか歩いて奥の部屋に入っていった。乱暴な、自滅的なふるまい、それがリチャードのトレードマークなのだ。

「ガキが二人いるだけだぜ」

トムも続いて入っていった。「窓から逃げたんだ」とトムは俺に向けてどなった。

俺は二歩歩いて表側の窓辺に行って、駐車場を見下ろした。よくわからんが、どうやらサッチャーの車はなくなっている。

女はさっきからぴくりとも動いていない。絨毯の上に横になったままだ。

「ほんとにいないのよ、ここには」と女は言った。

いないのはわかってる。「どっちだっていいさ。後悔するぞ、お前」と俺は言った。

保釈中

Out on Bail

俺が見たときジャック・ホテルはオリーブグリーンのスリーピースを着て、金髪をうしろになでつけ、顔はきらきら光って苦悩に苛まれていた。ここはヴァイン、奴を知ってる連中は奴にガンガン酒をおごって奴もそれを飲みまくっていたけど、知ってるといってもただのちょっとした知りあいか、実はほんとに知ってるかどうかも思い出せない連中だった。それは物悲しい、胸躍る情景だった。ジャック・ホテルは武装強盗の廉《かど》で裁判にかけられている最中で、昼食の休憩のあいだ裁判所から出てきたのだった。奴は自分の弁護士の目を覗き込んで、これはすぐ終わる裁判になりそうだと覚悟を決めた。被告になった人間でもなければとうていやり通す気になれない法律的計算を奴はやり通して、最低二十五年は喰らうだろうと踏んだ。

そんなひどい話、悪い冗談としか思えない。俺なんか、そんなに長い年月ほんとに生きてきた人間に会った覚えすらない。ホテルの歳は十八か十九というところだった。

こうした事態はいままで、不治の病のように秘密にされていた。そういう秘密を守って

保釈中

こられたホテルのことが俺は羨ましくもあったし、あんなに弱い奴が、自慢する気にもなれないくらい巨大なものを抱え込んでしまったことに怯えもした。俺は以前ホテルに百ドル巻き上げられたことがあって、それ以来ことあるごとに陰で奴の悪口を言ってきたが、とにかく奴が十五か十六のころに現われたときからずっと知りあいだった。奴が悩みを俺に打ちあけてくれなかったことで、俺は驚き、傷つき、みじめな気持ちになった。こういう連中は絶対俺の友だちにならない――この一件はそのことを予告している気がした。

そして目下、奴の髪はおそろしく清潔で、ブロンドで、こんな穴蔵みたいなところでも奴だけは太陽に照らされてるみたいに見えた。

俺はヴァインのまっすぐ奥の方を見てみた。この店はやたらと細長い、どこへも行かない列車みたいな造りだ。ここにいる人間はみんなどこかから逃げてきたみたいに見えた。何人かは手首に、病院の名前を書いたプラスチックの札をつけていた。奴らは酒の代金を、コピー機を使って作ったニセ金で払おうとしていた。

「ずっと前のことなんだよ」とジャック・ホテルは言った。

「何したの、お前? 誰を襲ったわけ?」

「去年のことなんだ。去年のことなんだ」。そんなにも長いあいだ追いかけてくる正義に喧嘩を売ってしまった自分をあざけって、奴は声を上げて笑った。

「誰を襲ったんだい、ホテル?」

「まあ、それは訊くなって。ふん。ケッ。ったく」。奴は向こうを向いて、別の誰かと話しはじめた。

ヴァインは毎日違っていた。俺の人生で起きた最悪の出来事のいくつかはここで起きた。でもほかの連中と同じで、俺もいずれまた戻ってくるのだった。

そして一歩進むごとに、絶対に見つからないだろう人物、俺を愛してくれるだろう人物を想って俺は胸がはり裂けそうになった。それから、家には俺を愛してくれる女房がいることを俺は思い出すのだった。もっとあとになってからだと、女房に出て行かれて自分が恐怖のどん底にいることを思い出した。さらにあとになってからだと、俺には美人でアル中のガールフレンドがいて彼女が俺を一生幸せにしてくれるんだと思い出した。けれども、店に入っていくたび、そこにはベールのかかった顔がいくつもあって、ありとあらゆることを約束していて、やがてすうっと像が定まって、いつもの退屈な顔になった――俺を見上げている、俺と同じ勘違いをしている顔に。

俺はその晩、元ボクサーのキッド・ウィリアムズと向かいあわせに座っていた。キッドの黒い両手はごつごつとこぶだらけ、傷だらけだった。奴を見ているといつも、こいつはいまにも両手を突き出して俺を絞め殺すんじゃないかという気になった。奴は二つの声で喋った。歳は五十代、これまでの人生をまるっきり棒に振っていた。そういう人間は、俺たちみたいにほんの何年かを棒に振ってるだけの連中にはものすごく貴重だった。キッド・ウィリアムズがテーブルの向かいに座ってると、こんなふうにあと一、二か月だらだらしてることも全然へっちゃらに思えた。

さっき言った病院のネームプレートの話は誇張じゃない。キッド・ウィリアムズも手首にそれをつけていた。奴はディトックスから脱走してきたところだった。「酒おごってくれよ、酒おごってくれよ」と奴は高い声で言った。それから眉間《みけん》に皺を寄せて、今度は低い声で「ちょっと寄っただけでさ」と言って、それからまた明るい声になって、高い声で「お前らに会いたくてさ！　一杯おごってくれよ、俺財布も札入れもなくてさ、金みんな取られちまったんだよ。あいつら泥棒なんだ」。子供がおもちゃをつかもうとするみたいに、奴はウェートレスにつかみかかった。身に着けてるものといえば、ズボンにたくし込んだパジャマの上、緑の紙で出来た病院のスリッパ、それだけだった。

と、俺は思い出した。何週間か前に、ホテル本人からだったか、奴と関係ある誰かからだったかに、ホテルは武装強盗をやって警察に追われていると聞かされたのだ。コカインをどっさり売ってたどこかの大学生たちに銃をつきつけてドラッグと金を奪い、大学生たちが警察に通報した。そう聞かされたことを、俺はすっかり忘れていた。

それから、自分の人生をもっとややこしくねじ曲げるみたいに、俺はハッと気がついた。その日の午後みんなでさんざん祝ったのは、ホテルの送別会じゃなくて、帰ってきたホテルを歓迎するパーティだったのだ。奴はその日、釈放されたのだ。これらドラッグ密売人の悪影響から彼はコミュニティを護ろうとしていたのです、と弁護士が妙な理屈をつけて無罪を勝ちとったのである。いったいどっちがほんとの犯罪者なのか、訳がわからなくなった陪審員たちは、いっさいのかかわりを放棄する判決を下し、ホテルは晴れて自由の身となった。その日の午後、俺がホテルと交わした会話もそういう意味だったわけだ。でも俺は何がどうなってるのか全然わかっていなかった。

ヴァインではそういうことがしょっちゅうあった。今日を昨日だと思ったり、昨日を明日だと思ったり。それは俺たちがみんな自分のことを悲劇の主人公だと思っていたからだし、いつも酔っ払っていたからだ。無力な、運命に呪われた気分を俺たちは抱えていた。俺たちは手錠をはめられたまま死ぬのだ。生なかばで断ち切られ、しかもそれは俺たちが悪いんじゃない。そう俺たちは想像した。でも俺たちはいつも、何か馬鹿みたいな理由で無罪になるのだった。

ホテルは人生の残りを返してもらったのだ。二十五年か、それ以上を。奴の幸運を警察は苦々しく思っていて、さっさと街を出ないとただじゃ済まんぞとすごんだ。そう言われても、ホテルはしばらく粘っていたが、やがてガールフレンドと喧嘩して出ていって、デンヴァー、リノ等々西の街で職を転々としていたが、一年もしないうちに、やっぱり女から離れていられずに戻ってきた。

この時点でホテルは二十か、二十一歳。

保釈中

ヴァインはもう取り壊されていた。都市再開発で、街はどこもすっかり変わっていた。俺もガールフレンドと別れていたが、俺たちはずっと離れていることもできなかった。ある晩、二人で喧嘩になって、俺は朝に酒場が開き出すまで街を歩き回った。どこでもいいからと、開いた店に入っていった。

ジャック・ホテルは俺と並んで鏡に映って酒を飲んでいた。俺たち二人にそっくりなのがほかにも何人かいて、俺たちは心安らかだった。

ときどき俺は思う。またああやって朝の九時に酒場にたむろして、神から遠く離れて嘘をつきあっていられるならなんだってする、と。

ホテルもガールフレンドと喧嘩したあとだった。奴も俺と同じに街を歩き回ったあとだった。そしていまは二人で酒の飲み較べをやっていたが、そのうち二人とも金がなくなった。

死んだ間借人の福祉手当の小切手がいまだに配達されているアパートを俺は知っていた。もう半年前から毎月盗んでいたのだ。俺はいつもびくびく怯えて、いつも配達されてから二、三日ぐずぐずし、真っ当に金を稼ぐ道を見つけるんだといつも考え、ほんとは俺ってこんなことするはずのない正直な人間なんだといつも信じ、今度こそつかまるんじゃないかと恐れていつもぐずぐずしていた。

ホテルに一緒に来てもらって、俺は小切手を盗んだ。奴がスーパーでそれを換金できるようサインを偽装して、受取人欄に奴の本名を書いた。たしか本名はジョージ・ホデルだったと思う。ドイツ系の名前だ。俺たちはその金でヘロインを買って、真ん中で二つに割って分けた。

それから奴は自分のガールフレンドを探しに行き、俺も自分のガールフレンドを探しに行った。ドラッグさえあれば、女も言うことを聞いてくれる。

でも俺はひどい状態だった。酔っていたし、夜は全然眠らなかったし。薬が体内に入ったとたんに気を失った。何も気づかずに二時間が経った。

ほんのちょっと目を閉じただけのつもりだったが、目が覚めるとガールフレンドと近所のメキシコ人と二人で、必死に俺の意識を取り戻させようとしていた。メキシコ人が「よし、気がついた」と言っていた。

俺たちはすごく狭い、汚いアパートに住んでいた。俺がどれだけ長くここを離れていて、もう少しで永久に去るところだったとわかると、俺たちのささやかなねぐらは安物の宝石みたいにキラキラ光って見えた。死ななかったことが、俺はものすごく嬉しかった。概して俺は、人生の意味なんてものに思いをはせることがあっても、俺は何かのジョークの餌食にちがいない、と考える程度だった。神秘の縁《ふち》に触れる、なんて大それたこととは無縁だし、人間は――まあ他人のことはわからないから、俺は――肺に光が満ちているなんて思ったりすることもない。でもあの夜、俺はしばしば栄光の瞬間に見舞われた。俺がこの世界にいるのは、ほかのいかなる場も許容できないからだ、そう俺は確信したのだ。

一方ホテルは、俺とまったく同じ状態で、俺と同量のヘロインが体内に入っていたわけだが、奴はそれをガールフレンドと分ける必要はなかった。その日彼女が見つからなかったからだ。アイオワ・アベニューの行きどまりの下宿屋に奴は一人で行って、やっぱり俺と同じく過量摂取した。深い眠りに落ちて、はた目にはまるっきり死んで見えた。

一緒にいた連中は、みんな俺たちの仲間だったが、時おりポケットミラーを奴の鼻の下にあてては、鏡にちゃんと細かいもやが浮かぶことを確かめた。ところが、そのうちに奴らは彼のことを忘れてしまい、誰も気づかないうちに呼吸が止まった。奴はあっさり息絶えた。奴は死んだ。

俺はまだ生きてる。

ダンダン

Dundun

ダンダンから医薬用阿片をもらおうと農場の家まで出かけていったが、俺にはツキがなかった。

ポンプへ行こうとして表の庭に出てきたダンダンは、俺を見てようと言った。新しいカウボーイブーツをはいて、革のチョッキを着て、ネルのシャツがジーンズの上に垂れていた。チューインガムを噛んでいた。

「マッキネスが今日ちょっと具合悪いんだ。さっき俺、撃っちゃってさ」

「撃ったって、殺したのか?」

「そのつもりじゃなかったんだ」

「ほんとに死んだのか?」

「いや。中で休んでる」

「でも生きてるんだな」

「ああもちろん生きてる。奥の部屋で休んでる」

　ダンダンはポンプのところに行って、取っ手をくいくい動かしはじめた。

　俺は家の裏手に回って、裏口から中に入った。入ってすぐの部屋は犬と赤ん坊の臭いがした。向かい側の戸口にビートルが立っていた。彼女は俺が入ってくるのを眺めていた。壁に寄りかかってる女はブルーで、こっちは煙草を喫いながら考え深げにあごをぼりぼり掻いている。ジャック・ホテルが古い机に向かって座り、火皿をアルミ箔で包んだパイプに火を点けている最中だった。

　俺だけだとわかると、三人ともまたマッキネスの方に向き直った。マッキネスは一人きりでカウチに座って、左手をそっと自分の腹に載せていた。

「ダンダンが撃ったのか？」と俺は訊いた。

「誰かが誰かを撃ったのさ」とホテルが言った。

　ダンダンが俺のうしろから、水の入った陶器のカップと壜ビールを持って入ってきて、マッキネスに「これ」と言った。

「要らない」とマッキネスは言った。

「あっそう。じゃ、これ」。ダンダンはビールの残りを差し出した。

「要らん」

　俺は心配だった。「病院とか、連れてかないのか？」

「名案ね」とビートルが皮肉たっぷりに言った。

「連れていこうとはしたのさ」とホテルが説明した。「でもあそこの納屋の角につっ込んじゃって」

俺は横の窓から見てみた。ここはティム・ビショップの農場だ。ティム・ビショップのプリマス――すごくいい、時代物のグレーと赤のセダンだ――が斜め方向から納屋に激突して、隅の柱の位置にそっくり代わりに入っていた。柱は地面に転がって、納屋の天井は車が支えている。

「フロントガラスが粉々でさ」とホテルが言った。

「なんであんなとこにつっ込んだわけ？」

「まるっきり訳わかんなくなっちゃってさ」とホテルが言った。

「そもそもティムは？」

「いないわよ」とビートルが言った。

ホテルが俺にパイプを回した。ハッシシだったけど、もうあらかた燃えてしまっていた。

「どうだ、気分？」ダンダンがマッキネスに訊いた。

「ここにあるの、わかるよ。筋肉にもろにつき刺さってる」

ダンダンが「大したことないよ。雷管がちゃんと爆発しなかったんだと思う」と言った。

「不発だったんだよ」

「ああ、ちょっとばかし不発だったんだよな」

ホテルが俺に、「お前の車で病院まで乗っけてくれる?」と訊いた。

「オーケー」と俺は言った。

「俺も行く」とダンダンが言った。

「阿片、まだある?」と俺はダンダンに訊いた。

「いいや」と奴は言った。「あれ、誕生日のプレゼントだったんだよ。みんな喫っちゃった」

「お前の誕生日、いつ?」と俺は奴に訊いた。

「今日」

「駄目じゃないかよ、誕生日前に喫いきっちゃうんじゃ」と俺はカッとなって言った。

でも俺は人の役に立つチャンスが巡ってきて嬉しかった。最後まできちんと、事故も起こさずにマッキネスを医者まで送り届ける役割を俺は演じたかった。みんながそのことを話して、俺はみんなから好かれるだろう。

車にダンダン、マッキネス、俺が乗った。

今日はダンダンの二十一歳の誕生日だった。俺は十八歳の感謝祭の時期、いままでの人生で唯一、ほんの数日刑務所に入っていた時期にジョンソン郡の郡立刑務所でダンダンと知りあった。俺の方が一月か二月年上だった。マッキネスの方はもうずっと前から知っていた。実際、俺は奴の昔のガールフレンドの一人と結婚していた。

狙撃被害者の体を揺らさないよう留意しつつ、俺たちは精一杯速く車を出した。

ダンダンが「ブレーキは？　ちゃんと直したか？」と訊いた。

「非常ブレーキは効く。それで十分さ」

「ラジオは？」ダンダンがボタンを叩くと、ラジオは肉挽き器みたいにバリバリ鳴り出した。

ダンダンがいったんラジオを切って、それからまた点けると、今度は一晩じゅう石を研ぐ機械みたいにグググググ鳴った。

「お前、どう？」俺はマッキネスに訊いた。「気分いい？」

「いいと思う？」マッキネスが訊いた。

長い、まっすぐな道が、乾いた野原を見渡すかぎり貫いていた。空にも全然空気がなくて地面が紙で出来てるみたいだった。俺たちは動くというより、ただだんだん小さくなっていくだけだった。

あの野原について何が言える？　クロウタドリたちが自分の影の上を旋回し、その下で牛たちが立って尻の臭いを嗅ぎあっていた。ダンダンは窓からペッとガムを吐き出し、シャツのポケットを探って煙草を出した。そしてマッチでウィンストンに火を点けた。言うことはそれしかない。

「俺たち、この道路から永遠に出らんないぜ」と俺は言った。

「ひでぇ誕生日だな」とダンダンが言った。

マッキネスは真っ青で気分も悪そうで、自分でそっと体を押さえていた。撃たれてなくても奴がそんなふうになったのを俺は一度か二度見たことがあった。ひどい肝炎にかかっていて、ときどきものすごく痛くなるのだ。

「医者に何も言わないって約束してくれるか?」とダンダンがマッキネスに言っていた。

「聞こえてないんじゃないかな」と俺は言った。

「事故だったって言えよ、な?」

マッキネスは長いこと何も言わなかった。そのうちやっと、「わかった」と言った。

「約束するか?」ダンダンが言った。

でもマッキネスは何も言わなかった。死んでいたからだ。

ダンダンは目に涙を浮かべて俺を見た。「どう思う?」

「どういう意味だよ、どう思うって? 俺がここにいるの、何もかもわかってるからだと思うか?」

「こいつ、死んじゃったよ」

「わかってる。俺だってわかってるよ、こいつが死んだことくらい」

「捨てちゃえよ、こいつ」

「ああ、捨てちゃえよ」俺は言った。「もうどこへも連れてく必要ないしさ」

少しのあいだ、俺は運転を続けたまままうとうと眠った。夢を見た。夢のなかで俺は誰かに何かを伝えようとしてるのに、どうしても邪魔が入るのだった。満たされない欲求をめぐる夢。

「こいつが死んでよかったよ」俺はダンダンに言った。「こいつが言い出したせいで、みんな俺のことド阿呆《ファックヘッド》って呼ぶようになったんだからさ」

ダンダンが「そんなんでめげるなって」と言った。

骸骨みたいなアイオワの残骸のなかを、俺たちは飛ぶように過ぎていった。

「殺し屋になるのもいいな」とダンダンが言った。

有史以前に氷河がこの地域を押しつぶしていた。何年も前から日照りが続いていて、埃の褐色の霧が平地一帯を覆っていた。大豆はまたしても枯れ、萎えてひからびたトウモロコシの茎が女物の下着を並べたみたいに地面に広がっていた。大半の農家はもう種を蒔くことさえやめていた。いつわりの夢はすべて消し去られたのだ。それは救世主が来る前の瞬間みたいに思えた。救世主は本当に来たが、俺たちは長いあいだ待たされたのだ。

ダンダンはデンヴァー郊外の湖畔でジャック・ホテルを拷問した。自分のガールフレンドだったか妹だったかの物だった、盗まれたステレオについて情報を引き出すのが目的だった。もっとあとになって、今度はテキサス州オースティンの路上で一人の男をタイヤレバーで殴って半殺しにした。これに対しても、ダンダンはいずれツケを払わされることだろう。でもいまはたぶん、コロラドの州立刑務所に入ってると思う。

奴の心には優しさがあったのだと言ったら、信じてもらえるだろうか？　奴の左手は右手が何をしているか知らなかった。ただ単に、何か重要なつながりが焼き切れてしまっていたのだ。もし俺があんたの頭をぱっくり開けて脳味噌のあちこちにハンダゴテを当てることができたら、あんたのこともそういう人間に変えられるかもしれない。

仕事

Work

俺はホリデイ・インにガールフレンドと――掛け値なしにいままで出会った誰より綺麗な女だ――三日前から偽名で泊まってヘロインを打ちまくっていた。俺たちはベッドでセックスして、レストランでステーキを食べて、トイレで打って、吐いて、泣いて、なじりあい、許しを乞いあい、許し、約束し、たがいに相手を天国に連れていった。

でも一回喧嘩もあった。俺はモーテルの外に立ってヒッチハイクしていた。服もあわただしく着てきたので、上着の下はシャツなし、風がびゅうびゅうイヤリングを吹き抜けていった。バスが来た。俺は乗り込んで、合成樹脂の席に座った。窓ではこの街のいろんなものがスロットマシンの絵柄みたいに次々変わっていった。

あるときは、二人で街角に立って言い争っていて、俺は彼女の腹にパンチを浴びせた。彼女は体を折り曲げて倒れ込み、わあわあ泣き出した。若い大学生が一杯乗った車が俺たちの横に停まった。

「具合が悪いんです」と俺は連中に言った。

「嘘つけ」と一人が言った。「お前、この人の腹にもろに肱鉄喰わせたじゃないか」

「そうよ、そうよ、そうよ」と彼女はしくしく泣きながら言った。

自分が奴らになんと言ったかは覚えていない。寂しさにまず肺をつぶされ、それから心臓を、それから金玉をつぶされたことは覚えている。奴らは彼女を車に乗せて走り去った。

でも彼女は戻ってきた。

そしてこの、喧嘩をしたあとの朝、バスに乗って何ブロックか、何も考えない真っ赤な心を抱えて走った末に、俺は飛び降りてヴァインに入っていった。

ヴァインはひっそり静かで寒かった。客はウェイン一人だった。ウェインは両手が震えていた。グラスを持ち上げることもできなかった。

俺は左手をウェインの肩に載せて、薬が回ってしっかりしている右手でバーボンを口に持っていってやった。

「ちょっと金儲けとかする気ないか?」とウェインが俺に訊いた。

「俺、そこの隅に行ってぶっ倒れてるつもりだったんだけど」

「俺ね、決めたんだよ」とウェインは言った。「金を儲けようって、決めたんだよ」

「で?」

「一緒に来てくれよ」とウェインはすがるように言った。

「車が要るってことだな」

「道具は持ってる」とウェインは言った。「あとはお前のあのドツボ車があれば動けるんだよ」

六十ドルで買ったシボレーのところに俺たちは行きついた。値段を考えれば、俺がいままで買ったなかで最高の買い物だ。車は俺のアパートの界隈に駐めてあった。俺はこの車が好きだった。電信柱に激突してもびくともしない。

ウェインは道具を入れた麻袋を膝の上に載せて座っていた。車が町を出ると、畑が蛇腹みたいにくっついて山になり、やがて山が一気に下がって、恵み深い雲に育まれた涼しい川に出た。

川ぞいの家は、一ダースばかり、どれも空き家になっていた。全部同じ会社が建てたことは一目瞭然で、四つの色に塗り分けてあった。下の階の窓はどこもガラスがなくなっていた。二人でその前を通っていくと、どの建物も一階の床は流れてきた泥で覆われていた。いつだかに洪水が土手を越えて押し寄せてきて、何もかも駄目にしてしまったのだ。でもいまは川も平べったく、ゆっくり流れている。柳がその髪で水面を撫でていた。

「空き巣、やるのか?」と俺はウェインに訊いた。

「空き家を空き巣できるわけないだろ」とウェインは俺の馬鹿さ加減に呆れ返って言った。

俺は何も言わなかった。

「これは解体作業だよ」とウェインは言った。「その家の前に駐めろ、あのへんに」

俺たちが駐車した前の家は、すごく嫌な感じがした。俺はノックした。

「よせ、馬鹿みたいだぞ」とウェインは言った。

中に入ると、川が残していった泥を俺たちの足が蹴り上げた。水位の跡の線が、一階の壁の、床から一メートルのあたりをふらふら上下していた。まっすぐな、こわばった草がそこらじゅう束になって転がっていて、誰かが乾かそうとしてぴんとのばして置いたみたいだった。

ウェインは鉄梃《かなてこ》を使い、俺は青いゴムの握りがついたぴかぴかの金槌を持っていた。俺たちは壁の継ぎ目に鉄梃を入れていき、石膏板《シートロック》を剝がしはじめた。石膏板は咳き込んだ年寄りみたいな音を立てて剝がれた。白いビニールの被覆がついた配線があらわになるたび、接続を引っぱがして取り出し、束にして丸めた。これが獲物だった。銅線をスクラップとして売るのだ。

二階へ上がったころには、これはけっこうな金になるぞと思った。でも俺は疲れてきていた。金槌を放り出してバスルームに行った。汗をかいて、喉も渇いていた。でも当然水は出なかった。

俺はウェインのところに戻っていった。二つある小さな空っぽの寝室の一方にウェインは立っていた。俺はそこらへんを踊ったり壁をボカスカ叩いたりしはじめた。石膏板をぶち抜いてものすごい音を立てたが、じきに金槌が引っかかってしまった。ウェインは俺の悪ふざけを無視した。

俺はハアハア息をしていた。

俺は「このへんの家、誰が持ってたんだと思う?」と訊いた。

ウェインはぴたっと仕事の手を止めた。「ここ、俺の家だよ」

「そうなの?」

「そうだった」

ウェインは配線をぐいっと、滑らかに引っぱった。憎しみの静謐さに満ちたそのしぐさに、ステープルがバリッと外れて、線が部屋の中に飛び出してきた。

それぞれの部屋の真ん中に、二人で電線の大きな丸まりを積み上げていった。これに一時間以上かかった。俺はウェインの体を下から押して跳ね上げ戸の向こうに通し、屋根裏に上がったウェインが俺を引っぱり上げた。二人とも汗をかいていて、毛穴からは酒の毒を発散し、古い柑橘類の皮みたいな匂いをぷんぷんさせていた。ウェインのかつてのわが家のてっぺんで、俺たちは白い被覆のついた電線を床から引っぱり出して積み上げた。

俺は頭がくらくらしてきた。隅に行って、吐いた――せいぜい指抜き《シンブル》一杯分くらいの、灰色の胆汁。「せっかくハイになってたのが、さんざん働かされて台なしだぜ。もう少し楽に儲かる方法ないのか？」

ウェインは窓際に行った。鉄梃で窓を何回か叩いて、だんだん強く叩いていって、とうとう窓はすごい音を立てて壊れた。俺たちはそこから銅線を、川から家のすぐ前で広がっている、泥で平らになった草地に放り投げた。

若葉がたえずそよぐ音以外、この奇妙な川ぞいの界隈はひっそり静かだった。だがそこへ、ボートが一隻下流から上がってくる音が聞こえてきた。川べりの若木のあいだを、音は蜂みたいにくねくねと進み、まもなく、平べったい鼻先のモーターボートが川の真ん中を、少なくとも五十、六十キロは行ってそうなスピードでやって来た。

ボートはうしろに、ロープでつないだ巨大な三角形の凧を引っぱっていた。空中三十メートルばかりの高さに浮かぶ凧から、女が一人ぶら下がっていた。たぶん何かベルトみたいなものでつながれているのだろう。女は長い、赤い髪をしていた。華奢な白い体で、美しい髪以外は裸だった。この廃墟が並ぶ上空を通り過ぎながら女は何を考えていたのか。俺にはわからない。

「何やってんだ、あの女？」としか俺には言えなかった。女が空を飛んでいることは、誰が見たってわかるのに。

「うーん、いい眺めだな」とウェインは言った。

町へ向かって走っていく途中、ウェインに、大きく回り道して旧ハイウェイに寄ってくれと頼まれた。俺は言われたとおり、草の生えた丘に建つ傾いた農家の前に車を停めた。

「二秒で戻ってくるから」と奴は言った。「お前も来るか？」

「誰がいるんだ？」俺は言った。

「まあ見にこいよ」と奴は言った。

二人でポーチの踏み段をのぼって、ウェインがノックしたが、誰もいないみたいに思えた。でもウェインはもう一度ノックしなかった。たっぷり三分経ってから、一人の女がドアを開けた。ほっそりした赤毛の女で、小さい花模様のワンピースを着ていた。女はにっこり笑ったりしなかった。「ハイ」と言っただけだった。

「入ってもいいかな？」ウェインが訊いた。

「あたしがポーチに出る」と女は言って、俺たち二人の横を抜けて、野原を見渡す位置に立った。

俺はポーチの反対側で手すりに寄りかかって待ち、話を聞かなかった。二人がどんなことを話したかは知らない。女が踏み段を降りていって、ウェインがあとに続いた。ウェインは両腕で自分の体を抱きかかえて立ち、地面に向かって喋っていた。風が吹いて、女の長い赤い髪を持ち上げ、払い落とした。四十前後の、血の気のない、水浸しになったみたいな美しさのある女だった。女をここに流れ着かせた嵐がウェインなのだろう。

しばらくしてウェインが、「行こう」と俺に言った。奴は運転席に乗り込んでエンジンをかけた。この車はキーなしでもエンジンがかかるのだ。

俺はポーチから降りていって、ウェインの横に乗り込んだ。ウェインはフロントガラス越しに女を見た。女はまだ家のなかに戻っていなかった。まだ何もしていなかった。

「あれ、俺の女房」とウェインは、それがわかりきったことでないかのように言った。

俺はうしろを向いて、車が走り去るとともにウェインの女房をじっくり眺めた。

あそこの野原についてどんな言葉が言えるだろう？　女はその真ん中に、高い山の上にいるみたいに立っていた。赤い髪は風で横に引き出され、周りでは緑と灰色の平野がぺしゃんこに押しつぶされて、ひゅーっ、とアイオワ中の草がただひとつの音を口笛で吹いていた。

女が誰なのか俺にはわかった。

「あれ、お前の女房だったんだろ？」と俺は言った。

ウェインは何も言えずにいた。

俺の頭には絶対の確信があった。川の上を飛んでいるところを俺たちが見たのはウェインの女房だったのだ。どういうふうにしてか俺は、ウェインが見ている、自分の女房と自分の家をめぐる夢みたいなもののなかにまぎれ込んだのだ。でも俺はもうそれ以上何も言わなかった。

なぜなら、結局のところ、いろいろ細かく見れば、それは俺の人生で最良の日のひとつになりつつあったのだ。他人の夢であろうとなかろうと、どっちだっていい。町はずれの、ぎらぎら光る線路近くの部品回収場で俺たちはスクラップの電線を売って、二十八ドル——一人二十八ドルだ——手に入れ、それからヴァインに戻った。

そこで酒を注いでいたのは、誰あろう、俺がいまどうしても名前を思い出せずにいる女だった。でも女の酒の注ぎ方は覚えている。それはまるで、金を倍にしてくれるみたいな注ぎ方だった。雇い主を金持ちにする女じゃなかった。言うまでもなく、彼女は俺たちに崇拝されていた。

「俺がおごる」と俺は言った。

「冗談よせ」ウェインが言った。

「いいじゃないか」

「よくない」とウェインは言った。「俺が犠牲になるんだよ」

犠牲? 犠牲なんて言葉、どこで仕入れてきたんだ? 俺はそんなの全然聞いたことない。

俺は一度、ウェインが酒場でポーカーをやっていて、テーブルの向かいに座った、アイオワで一番——誇張抜きで——一番大きくて一番黒い男を、面と向かってペテン師呼ばわりするのを見たことがある。ただ単に、回ってくるカードがなんとなく気に入らないっていうだけの理由で、そいつがインチキをやったとウェインは詰《なじ》ったのだ。俺にとって犠牲とはそういうものだ。自分を放り出す、自分の体を捨てる。相手の黒人は立ち上がって、指で輪を作ってビール瓶の口を握った。その酒場にこれまで入ってきた誰より背が高い男だった。

「表に出ろ」とウェインは言った。

すると男は「ここは学校じゃないぜ」と言った。

「ほお、それってどういう意味かね?」とウェインは言った。

「学校の生徒みたいに表に出る気はないってことさ。やるならいまここでやりな」

「ここはそういうことやる場所じゃないぜ」とウェインは言った。「ここには女も子供も犬も片輪もいるんだから」

「なんだ、お前酔っ払ってるだけじゃないか」

「それがどうした」とウェインは言った。「俺に言わせりゃ、お前なんて紙袋の屁みたいなもんだぞ」

巨体の、殺意みなぎる男は何も言わなかった。

「俺はもう座る」とウェインは言った。「座って、ポーカーを続ける。お前なんか知るか」

男は首を横に振った。男も座った。信じられない展開だった。男が片手をのばして二、三秒ぎゅっと握れば、ウェインの頭なんて卵みたいに潰《つぶ》せたのに。

それから、類まれな瞬間が訪れた。十八のときにも俺はそういう瞬間を生きた。最初の女房と、まだ結婚する前、ある日の午後をベッドで過ごしたときのことだ。俺たちの裸の体が内側から光を発しはじめて、空気も不思議な色に変わってきたものだから、命が体から離れていこうとしているのだと俺は思った。若い体の繊維一本一本、細胞一つひとつでもって、俺はまだあと一息、命にしがみついていたかった。カタカタという音に頭を叩き割られながら、俺はまっすぐ立てた体でよたよた歩き、もう二度と絶対見ないだろう幻への扉を開けた――俺の女たちはいまどこにいるのだろう、みんなそれぞれ甘い濡れた言葉と手口を持っていたあの女たち、そして庭で半透明の緑の光を炸裂させていた奇跡のごとき雹《ひょう》の玉は？

俺たちは――俺と最初の女房は――服を着て、ふわふわ浮かぶ白い石がくるぶしの高さまであふれた町に入っていった。誕生とはこんな感じであるべきだ。

喧嘩が危機一髪回避された、酒場での瞬間は、雹の降ったあとのあの緑色の静寂に似ていた。誰かがみんなに酒をおごっていた。カードがテーブルの上に散らばっていた。何枚かは上を向き何枚かは下を向いているそれらのカードは、俺たちがたがいに対してどんな仕打ちをしようとも、それはすべて、酒が洗い流してくれるか、悲しい歌が説明してくれるかすることを予告しているように思えた。

ウェインはそうしたいっさいにかかわっていた。

ヴァインは列車のラウンジカーがなぜか線路から外れて時の沼に入り込んで解体用の鉄球を待ってるみたいな感じの場所だった。そして鉄球は本当に迫ってきていた。都市再開発で、ダウンタウン全体が壊され、捨て去られている最中だったのだ。

そしてこの日の午後、俺たちにはそれぞれ三十ドル近い金があって、俺たちの好みの、一番好みの人物がカウンターに立っていた。名前が思い出せたらと思うが、覚えているのは彼女の優雅さと気前よさだけだ。

ウェインがいると、面白いこと、楽しいことがいっぱいあった。でもこの午後は、なぜかその中でも最高だった。俺たちには金があった。体は汚れていて、疲れていた。いつもなら自分に何か悪いところがあるもののそれがなんなのかわからないせいで後ろめたさと怯えを感じるのに、今日ばかりは、しっかり仕事をした男の気分だった。

ヴァインにはジュークボックスがなかったが、本物のステレオから一日中、アルコールに染まった自己憐憫とセンチメンタルな離婚の歌が鳴っていた。「看護婦さん」と俺はメソメソ泣いた。彼女は天使みたいに、ダブルで、測りもせずにカクテルグラスの縁まで注いでくれた。「君、素敵な、ピッチャー向きの腕してるね」。こういう女性には、花に降り立つハチドリみたいに近づいていかないといけない。ずっとあと、つい数年前に、俺は彼女を見かけた。俺がにっこり笑うと、俺が言い寄ってこようとしていると彼女は思ったみたいだった。でも俺はただ覚えているだけだった。俺は絶対君を忘れない。君の亭主は延長コードで君を殴り、バスは走り去って君は泣きながら立ち尽くすだろう、でも君は俺の母親だったのだ。

緊急

Emergency

緊急治療室で働き出して、たぶん三週間くらい経っていたと思う。一九七三年の、夏が終わる前のころだ。夜勤は暇で、昼番が出した保険報告書をまとめるくらいしかすることがなかったので、俺はそこらへんをぶらぶらしはじめた。心臓科を覗いたりカフェテリアに下りていったりして、雑役夫のジョージーを探してまわった。ジョージーとはけっこう仲よしだった。ジョージーは薬品棚からしょっちゅう薬を盗んでいた。

ジョージーは手術室のタイルの床をモップで拭いていた。「まだやってるのか？」と俺は言った。

「ったく、血がすごいんだよ、ここ」とジョージーは愚痴った。

「どこが？」床は俺には十分綺麗に見えた。

「いったいここで何やってたんだ？」とジョージーは俺に訊いた。

「手術というものをやってたんだよ、ジョージー」

「人間の体って、どろどろしたのがいっぱい詰まってるんだよな」とジョージーは言った。「それがみんな外に出たがってる」。ジョージーはモップを薬品棚に立てかけた。

「なんで泣いてるんだよ?」俺には訳がわからなかった。

ジョージーはそこにつっ立って、両腕をゆっくり頭のうしろに持ち上げ、ポニーテールを締め直した。そしてモップをがばっとつかんで振り回し、宙に大きな弧をでたらめに描いた。ぶるぶる震えて、しくしく泣きながら、すごい速さでそこらじゅう動き回ってる。

「なんで泣いてるかって?」とジョージーは言った。「ったく。やれやれ、ほんと、完ペキだぜ」


体がぴくぴく震える太っちょの看護婦と緊急治療室でダベっていると、みんなに嫌われているファミリー・サービスの医者が入ってきた。仕事の後始末をさせにジョージーを探しにきたらしかった。「ジョージーはどこだ?」と医者は訊いた。

「手術室ですよ」と看護婦が言った。

「またか?」

「いいえ」と看護婦は言った。「ずっとです」

「ずっと? ずっと何やってるんだ?」

「床掃除です」

「またか?」

「いいえ」と看護婦がまた言った。「ずっとです」

手術室に戻ってみると、ジョージーはモップを投げ捨て、おむつを汚した赤ん坊みたいな姿勢にかがみ込んだ。そして怯えた顔で口をあんぐり開け、足元を見下ろした。

「いったいどうすりゃいいんだ、このクズ靴?」とジョージーは言った。

「何盗んだか知らんけど」と俺は言った。「もう全部飲んじまったんだな?」

「聞いてくれよ、このキュウキュウって音」とジョージーは言って、かかとで立ってそろそろと歩き回った。

「おい、ポケット見せてみろ」

ジョージーは少しのあいだ大人しく立っていた。獲物は見つかった。なんの薬かわからなかったが、とにかく二錠ずつ残してやった。「仕事時間、半分過ぎたぜ」と俺は言った。

「そりゃ結構。俺ほんとに、ほんとに、ほんとに酒が要るんだよ」とジョージーは言った。「お前この血、拭くの手伝ってくれるか?」

午前三時半ごろ、目にナイフが刺さった男がジョージーに連れられて入ってきた。

「あ、ん、た、が、やったんじゃないでしょうね」と看護婦は言った。

「俺が?」とジョージーは言った。「違うよ。はじめからこうだったんだよ」

「女房にやられたんだ」と男は言った。左目の外側の端に、刃がつかの部分まで深々と刺さっている。ハンティングナイフみたいなやつだ。

「誰に連れてきてもらったの？」と看護婦が言った。

「誰にも。一人で歩いてきたんだよ。ほんの三ブロックだからね」と男は言った。

看護婦は目を凝らして男をじっと見た。「横になってもらった方がよさそうね」

「うん、こっちもそうさせてもらえると有難い」と男は言った。

看護婦はまだ男の顔をじっと見ている。

「あんたのもう一つの目」と看護婦は言った。「それ、ガラス？」

「プラスチックだっけな、とにかく人工のなんかだよ」と男は言った。

「で、こっちの目は見えるの？」と看護婦は訊いた。怪我した方の目、ということだ。

「見えるよ。でも左手が握れないんだ。ナイフのおかげで脳がどうかしちまってるらしい」

「やれやれ」と看護婦は言った。

「医者を呼んできた方がいいな」と俺は言った。

「言えてるわね」と看護婦が言った。

みんなで男を横に寝かせて、ジョージーが「名前は？」と訊いた。

「テレンス・ウェバー」

「あんた、顔が暗いな。何言ってるのか見えないよ」

「おいジョージー」と俺は言った。

「何言ってんだい、あんた？　見えないぜ」

看護婦が寄ってくると、ジョージーは看護婦に「こいつ、顔が暗いんだよ」と言った。

看護婦は患者の上にかがみ込んで、「これっていつなったの、テリー？」と顔に向かってどなった。

「ついさっきだよ。女房にやられたんだ。眠ってるとこをやられた」と患者は言った。

「警察を呼びましょうか？」

男はちょっと考えていたが、やがて言った。「いや、結構だ、俺が死なない限り」

看護婦は壁のインターホンのところに行って、宿直の医者（例のファミリー・サービスの医者だ）を呼ぶブザーを押した。「不意のお客様ですよ」と看護婦はインターホンごしに言った。医者はなかなか返事をしなかった。向こうも承知しているのだ――看護婦がファミリー・サービスを嫌っていて、その嬉しそうな口調からして、この急患が奴の手に余る、赤恥をかきかねない一件にちがいないってことを。

医者は緊急治療室をおずおず覗き込んで、状況を見てとった。事務員（つまり俺だ）が雑役夫のジョージーと並んで立って、二人ともドラッグでハイになっていて、顔からナイフがつき出た患者を見下ろしている。

「どうなさいましたかな?」と医者は言った。

医者は俺たち三人をオフィスに集めて言った。「いいか、よく聞け。こいつはチームが必要だ。全員揃えなくちゃならん。まず腕ききの眼科医が要る。とびっきりの腕きき、ベストの奴だ。脳外科医も要る。それと優秀な麻酔科医だ、天才を連れてこい。私はあの頭には触らんよ。いまは見るだけにしておく。私は己の分《ぶん》をわきまえているんだ。患者の準備だけきちんとやって待とう。雑役夫!」

「俺のことかい?」とジョージーは言った。「俺があいつの準備をするのかい?」

「ここは病院か?」と医者は言った。「ここは緊急治療室か? あれは患者か? お前は雑役夫か?」

俺は電話で病院のオペレーターを呼び出して、眼科医と脳外科医と麻酔科医を揃えるように言った。

廊下の向こうから、ジョージーの立てる物音が聞こえた。手を洗いながらニール・ヤングの歌を歌っている。「ハロー、砂漠のカウガール。ここは君の領分かい?」

「あの男は駄目だ、まるっきり、てんでからっきし駄目だ」と医者が言った。

「あたしの指示が耳に入るかぎり、あたしとしてはどうでもいいですけど」と看護婦はきつい調子で言いながら、スプーンで小さな紙コップから何かをすくい上げた。「あたしにだって自分の生活があるし、家族を護ることも考えなくちゃいけませんからね」

「わかった、わかったよ。そう嚙みつかんでもいいだろ」と医者は言った。

眼科医は休暇か何かでつかまらなかった。同レベルの代役を探して病院のオペレーターがあちこち電話をかけているあいだに、あとの専門医たちは夜の街を病院に急いでいた。

俺はカルテを眺めながらぼさっとつっ立って、ジョージーがかっぱらった薬をまだもぐもぐやっていた。小便の匂いみたいな味のもあれば、焦げ臭いのもあったし、チョークのような味のやつもあった。看護婦が何人かと、集中治療室で患者を看ていた内科医が二人集まってきていていた。

テレンス・ウェバーの脳からナイフを抜くという課題にどう対処するかについて、みんなそれぞれ違う意見を持っていた。ところが患者の準備——眉毛を剃って、傷のまわりを消毒する、等々——を済ませて戻ってきたジョージーの左手には、そのハンティングナイフが握られているように見えた。

話し声がぱたっと止んだ。

「君、それ」とようやく医者が訊いた。「どこから持ってきたのかね?」

長いあいだ、それ以上誰も何も言わなかった。

しばらくして、集中治療室の看護婦の一人が、「あんた、靴紐ほどけてるわよ」と言った。ジョージーはカルテの上にナイフを置いて、かがみ込んで紐を結んだ。

勤務が終わるまであと二十分だった。

「あいつ、どうだい？」と俺は訊いた。

「あいつって？」とジョージーは言った。

テレンス・ウェバーの見える方の目は、依然として完璧な視力であることが判明した。病院に来た当初は左手が動かないと言っていたが、運動や反射の機能も特に問題なかった。「基本的な器官はどこも悪くないわよ」と看護婦は言った。「何も異常なし。あれ、どうってことなかったのよ」


夏もしばらくすると、夏だってことを忘れてしまう。朝がどんなかも思い出せなくなる。俺はあいだに八時間をはさんだ、二重勤務を終えたところだった（あいだの八時間はナースステーションでストレッチャーに横になって眠った）。ジョージーが盗んだ薬のせいで、なんだか自分が馬鹿でかいヘリウム風船になったみたいな気分だったが、目はばっちり覚めていた。ジョージーのオレンジ色の小型トラックへ向かって、二人で駐車場を歩いていった。

俺たちはトラックの荷台に敷いた、埃っぽいベニヤ板の上に寝そべった。昼の光が瞼に叩きつけて、アルファルファの香りが舌に澱んでいった。

「教会に行きたいな」とジョージーが言った。

「カウンティ・フェアに行こうぜ」

「礼拝がしたいんだよ。すごく」

「怪我した鷹や鷲がいるんだぜ。動物愛護協会が集めてくるんだ」と俺は言った。

「静かなチャペルがいまの俺には必要なんだよ」


車を乗り回すのはすごくいい気分だった。しばらくのあいだ、日はうららかで静かだった。いましかないんだ、あと先の悩みごとなんてどうでもいい、と思える瞬間があるものだが、この時もそうだった。空は青く、死者たちが帰ってくる。夕方近くになって、悲しいあきらめの気持ちでカウンティ・フェアは乳房をさらけ出す。ＬＳＤ解禁を叫ぶラブ・ジェネレーションのすごく有名な教祖が、鶏の檻の左で、テレビのスタッフに囲まれてインタビューを受けている。教祖の目玉はジョークショップで買ってきたみたいに見える。この異星人を哀れんで眺めている俺は、いままで俺だってこいつと同じくらいいろんな目に遭ってきたことに思いあたりはしない。

そのうちに俺たちは迷子になった。何時間も、文字どおり何時間も走ったのに、町へ戻る道がどうしても見つからないのだ。

ジョージーがぶつぶつ文句を言い出した。「最悪のフェアだったぜ。乗り物とか、全然なかったじゃねえかよ」

「ちゃんとあったさ」と俺は言った。

「俺にはひとつも見えなかったぞ」

野ウサギが目の前にちょこちょこ走り出てきて、俺たちの車はそいつを礫いてしまった。

「メリーゴーランドだろ、観覧車だろ、それとハンマーとかっていうやつなんか、降りてくるとみんなげえげえゲロ吐いてた」と俺は言った。「お前、まるっきり目が見えないわけ?」

「いまのなんだよ?」

「ウ、ウサギだよ」

「何かドスッていったぞ」

「お前が礫いたんだよ。ウ、ウサギがドスッていったんだよ」

ジョージーは立ち上がってブレーキペダルに体重をかけた。「ウサギのシチューだ」ギヤをバックにして、ジグザグにウサギのところまで戻っていった。「俺のハンティングナイフはどこだ?」。危うくもういっぺんウサギを礫いてしまうところだった。

「荒野でキャンプしようぜ」とジョージーは言った。「朝メシはこいつの脚だ」。ジョージーはテレンス・ウェバーのハンティングナイフをめったやたらにふり回した。物騒だったらない。

まもなくジョージーは畑のふちに立って、ウサギの痩せた小さな体を切り刻み、内臓をそこらじゅうに放り投げた。「俺さあ、医者になるべきだったな」とジョージーは叫んだ。大きなダッジに乗った家族連れが（車が通りかかったのはすごく久しぶりだった）、スピードを落として、通り過ぎざまにぽかんと眺めていった。父親が「なんだいそれ、ヘビかね？」と訊いた。

「いや、ヘビじゃない」とジョージーは答えた。「腹に赤ん坊のいるウサギだよ」

「赤ん坊！」と母親が叫び、父親はうしろで子供たちがいっせいに抗議するのをよそに一気にスピードを上げた。

ジョージーはシャツの胸を前に広げて、俺が座っている側に戻ってきた。リンゴか何かをシャツに載せているみたいだが、実はぬるぬるしたミニチュアのウサちゃんたちだった。

「俺、絶対そんなもん食わないからな」と俺は言った。

「受けとれよ、受けとれって、俺は運転せにゃならんのだ、受けとれよ」とジョージーは言ってウサギたちを俺の膝にどさっと放り出し、運転席に乗り込んだ。車はどんどんスピードを上げていった。ジョージーの顔には神々しい輝きが浮かんでいた。「俺たち、母親を殺して子供たちを救ったってわけだ」とジョージーは言った。

「もう遅い時間だぜ」と俺は言った。「町へ帰ろう」

「任しとけって」。六十マイル、七十マイル、八十五、ついに九十を越えた。

「このウサギたち、暖めてやった方がいいな」。俺はチビ助連中をシャツのボタンのあいだから一匹ずつ中に入れて、腹にすり寄せた。「ほとんど動かないぜ」と俺は言った。

「ミルクとか砂糖とか買ってやろうぜ。俺たちで育てるんだよ。そのうちゴリラみたいに大きくなるぜ」

俺たちが迷子になった道路は、世界のど真ん中をまっすぐつき抜けていた。まだ昼間だっていうのに、太陽はもう、飾りかスポンジくらいの力しかなかった。頼りない光のなかで、明るいオレンジ色だったトラックのボンネットが濃いブルーに変わっていた。

ジョージーがゆっくりゆっくり、漂うように車を路肩に寄せた。まるで眠ってしまったか、帰る道を探すのをあきらめてしまったかしたみたいだった。

「どうした?」

「もうこれ以上行けん。この車、ヘッドライトないんだよ」とジョージーは言った。

三日月のかすかな影が重ねあわされた不思議な空の下で、俺たちは車を停めた。

車のかたわらに小さな森があった。乾いた暑い一日で、バックパインやら何やらの木々が辛抱強く熱に耐えていたが、俺たちがトラックのなかで煙草を喫っていると、じきにすごく寒くなってきた。

「夏も終わりだな」と俺は言った。

それは北極からの雲が中西部まで下りてきて、九月に冬が二週間続いた年だった。

「わかるかい、じきに雪が降るぜ」とジョージーが言った。

その通りだった。銃身のような青みがかった吹雪がじわじわ見えてきていた。俺たちは車を降りて、馬鹿みたいにそのへんをうろうろ歩いた。さわやかな冷気！　突然のぴりっとした空気、つんと鼻を刺す常緑樹の香り！

日が暮れていくにつれて、吹き荒れる雪が俺たちのまわりで身をよじらせた。と、トラックがどこにも見えなくなってしまった。どうあがいても、俺たちはますます迷うばかりだった。俺は何べんも、「ジョージー、お前見えるか？」と呼びかけ、そのたびにジョージーは、「見えるって何が？　見えるって何が？」と言った。

ただひとつ目に入る光といえば、雲のへりの下でちろちろ光る一筋の夕陽だけだった。俺たちはそっちに向かって進んでいった。

向こうに見える野原に向かって、丘をそろそろと下っていった。野原は軍人の墓場らしい。兵士たちの墓の上に、飾りっけのない、どれも同じ墓標が何列も並んでいた。こんな墓地、初めて来た。野原の向こう側、雪のカーテンのすぐ先で空が引き裂かれ、まぶしい夏の青空から天使たちが次々に降りてきていた。巨大な顔には光の筋が走り、憐れみの念が満ちていた。天使たちの姿は俺の心を貫き、脊椎の関節を伝って下りていった。もし腸に食い物が残っていたら、俺は恐ろしさのあまりズボンを汚してしまっただろう。

ジョージーが両腕を広げて叫んだ。「ドライブイン・シアターだぜ、あれ！」

「ドライブイン……」言葉の意味がうまく頭に入ってこなかった。

「吹雪だってのに、映画やってるんだよ！」とジョージーはわめいた。

「なんだそうか。勘違いしちゃったよ」と俺は言った。

俺たちは忍び足で近寄っていって、壊れた柵を乗り越え、シアターの一番うしろに降りた。俺が墓標と間違えた、居並ぶスピーカーが、いっせいに何やら呟いていた。それからチャラチャラした音楽が鳴った。もう少しであの歌だとわかりそうなメロディーなんだが、いまひとつのところでどうしてもわからない。有名な映画スターたちが川辺で自転車に乗って、ものすごく大きい、綺麗な口で笑っている。もしこの上映を見にきた奴がいたとしても、天気が悪くなったところでみんな帰ってしまっていた。一台の車も残っていなかった。先週壊れた車も、ガス欠で置き去りにされた車もない。二分ばかりして、ぐるぐる回るスクエアダンスの最中にスクリーンが真っ暗になり、映画の夏も終わって、雪は黒くなり、自分の息以外何も見えなくなった。

しばらく経って、「やっとまた見えるようになってきたぜ」とジョージーが言った。

たしかに、あたり一面灰色が広がるなかに、いろんな形がぼんやり見えてきていた。

「でもどれが近くでどれが遠いんだよ？」と俺はすがるようにジョージーに訊いた。

さんざん試行錯誤をくり返して、濡れた靴でうろうろ行ったり来たりした末に、やっとトラックが見つかった。俺たちは中に入ってぶるぶる震えた。

「ここから出ようぜ」と俺は言った。

「ヘッドライトなしじゃどこへも行けないよ」

「帰らなくちゃ。ずいぶん遠くまで来ちまったぜ」

「そんなことないさ」

「三百マイルは来てる」

「町のすぐ外だよ、ド阿呆《ファックヘッド》。おんなじところをぐるぐる回ってただけさ」

「キャンプする場所もないし。あっちから高速の音が聞こえるぜ」

「夜になるまでここにいた方がいい。夜が更けてたって帰れるさ。透明人間みたいなもんだ」

高速道路を走るサンフランシスコからペンシルベニアへ向かう大型トラックが立てる、細長い弓鋸《ゆみのこ》の刃を伝うようなぶるんぶるんという振動に、俺たちは耳を澄ました。そのあいだも、俺たちは雪に埋もれていった。

しばらくしてジョージーが、「ウサちゃんたちにミルクをやらなくちゃな」と言った。

「ミ、ミルクなんかないよ」と俺は言った。

「砂糖も入れてやろう」

「ミルクがどうこうっての、頼むから忘れてくれないか?」

「だって、哺乳類なんだぜ」

「ウサギのことは忘れろって」

「だいたいどこにいるんだよ、ウサギたち？」

「お前、俺の言うこと聞いてないな。俺はな、『ウサギのことは忘れろ』って言ったんだ」

「どこにいるんだよ？」

実を言うと、俺はウサギのことなんてすっかり忘れていた。みんなもう死んでしまっていた。

「俺の背中にずれ込んで、つぶれちまったよ」と俺は涙声で言った。

「背中にずれ込んだって？」

俺がウサギたちを背中から引っぱり出すのをジョージーは見守った。

俺はウサギを一匹ずつ取り出し、両手に抱えて、ジョージーと一緒に眺めた。全部で八匹いた。俺の指ほどの大きさもないのに、何もかも全部揃っていた。ちっぽけな足！　瞼！　頰ひげまである！　「御臨終です」と俺は言った。

ジョージーが言った。「お前が触るものって、何から何までクソに変わるっきゃないのか？　お前っていつもこうなのかよ？」

「俺のこと、みんながド阿呆《ファックヘッド》って呼ぶのも無理ないな」

「その名前、きっと定着するぜ」

「わかってる」

「墓場までずっと『ド阿呆』で決まりだぜ、お前」

「いまそう言っただろ。自分で先に認めたじゃないか」と俺は言った。

それともこれは、雪が降っていたときじゃなかったかもしれない。もしかしたら、俺たちがトラックのなかで眠って、俺が寝返りを打ってウサギたちをぺしゃんこにしてしまったあとのことかもしれない。どっちでもいい。忘れちゃならないのは、翌朝早く、フロントガラスの雪も溶けて、俺が陽の光で目をさましたことだ。あたり一面に霞がかかっていて、そこへ陽が照り出し、霞がだんだんくっきりと、奇妙な感じになってきた。ウサギの騒動はまだ先の話だ。それとももう騒動が終わって、とっくに忘れてしまっていたのか。俺の頭のなかは空っぽだった。朝の美しさがしみじみ感じられた。溺れかけた人間が、激しい喉の渇きが癒されるのを感じることがあるという。いまの俺にはそれがよくわかった。あるいは奴隷が主人の友だちになるとか。ジョージーは顔をハンドルにべったりくっつけて眠っていた。

ドライブイン・シアターのスピーカーの脚に、雪のかけらがくっついているのが見えた。まるでそこに咲き乱れた花みたいだ——いや違う、はじめからそこにあった花が、雪の陰から顔を出したのだ。雄鹿が一頭、柵の向こうの牧草地に、偉そうに間の抜けた様子でじっと立っている。コヨーテが一匹、牧草地をすたすた駆け抜けて、若木のあいだに消えていった。

その日の午後、俺たちは遅刻もせずに病院に戻り、何事もなかったかのように、どこにも行かなかったかのように昨日の続きをやり出した。

「主は」とインターホンが言った。「わが羊飼なり」。カトリック系の病院なので、毎日夕方になるとこれをやり出すのだ。「天にましますわれらが父よ」云々かんぬん。

「はいはい」と看護婦が言った。

目にナイフが刺さった男テレンス・ウェバーは、夕食時に解放された。いちおう一晩入院させられて、眼帯も与えられていた。そんなものまるっきり必要なかったのだが。

テレンス・ウェバーは挨拶に緊急治療室に寄っていった。「もらった薬のせいでさ、何食ってもものすごくまずいんだよね」とテレンス・ウェバーは言った。

「それくらいで済んでよかったじゃないの」と看護婦が言った。

「舌までまずいんだ」

「目が見えなくならなかったのは奇跡よ。死ななかったのがそもそも奇跡ね」

俺が昨日いた人間だと気づいて、テレンス・ウェバーは笑顔を見せた。「お隣の女性が日光浴してるとこ、覗き見してたんだよ。それで女房が、俺の目をつぶしちまおうとしたわけ」

テレンス・ウェバーはジョージーと握手した。ジョージーは相手が誰だかわかっていなかった。「ええと、あんた誰だい？」とジョージーは訊いた。


その何時間か前、ジョージーが言った一言で、俺たちの違いが突如いっぺんに明らかになっていた。町へ帰る途中、旧街道を通って平べったい土地を走っていたときのことだ。俺たちはヒッチハイカーを一人拾った。俺の知りあいの小僧だ。トラックが停まると、小僧は火山の噴火口から這い出るみたいに畑からのろのろ乗り込んできた。小僧は名前をハーディーと言った。俺たちもたぶん相当ひどい格好だったけど、ハーディーはもっとひどかった。

「吹雪に巻き込まれてさ、一晩じゅうトラックで寝てたんだ」と俺はハーディーに言った。

「そうじゃないかなって思ってた」とハーディーは言った。「じゃなきゃ千マイル走ってきたかどっちかだってね」

「それもあるんだ」と俺は言った。

「じゃなきゃ、病気とかなんかだとかね」

「誰だ、こいつ？」とジョージーが訊いた。

「ハーディーっていうんだ。去年俺のところに居候してたんだ。玄関のドアを開けたら、こいつがいたんだよ。お前、あの犬どうなった?」と俺はハーディーに訊いた。

「まだあっちにいるよ」

「そうそう、お前テキサスに行ってたんだってな」

「養蜂場で働いてたんだ」とハーディーは言った。

「へええ。蜂って、やっぱり刺すわけ?」

「刺すけど、違うんだよ、思ってるのと」とハーディーは言った。「人間は蜂にとって日々の鍛練の一部になるわけよ。何もかもが調和の一部なわけ」

車の外では、まったく同じ見かけの畑が、いくつもくり返し、俺たちの顔の横を流れていく。雲ひとつない、ものすごくまぶしい日だった。ところがジョージーが、「見ろよ、あれ」と言ってまっすぐ前を指さした。

空っぽの空に、一つだけすごく熱い星があって、明るくはっきり浮かび上がっていた。

「お前のこと、すぐわかったんだけどさ」と俺はハーディーに言った。「でも髪の毛はどうしたんだよ? 誰に切られたんだ?」

「それは言いたくないんだよ」

「じゃ言わなくていいよ」

「徴兵されてさ」

「そりゃ大変だ」

「そうなんだよ。で、俺、脱走したわけ。悪質な脱走兵なんだよ、俺。カナダに逃げるっきゃないんだ」

「そりゃあ大変だ」と俺はハーディーに言った。

「心配するなって」とジョージーが言った。「俺たちが行かしてやるよ」

「どうやって?」

「どうにかしてさ。たぶん、知りあいがいると思うんだ。心配するなって。あんたもう、カナダに行ったも同然だよ」

あの世界! このごろじゃもうすっかり消されてしまって、巻き物みたいにくるくる巻かれてどこかに片づけられてしまった。そう、俺はいまでもそれに指で触れることができる。でもどこにある?

少しして、ハーディーがジョージーに、「あんた、仕事は何だい」と訊いた。「命を救うことさ」とジョージーは答えた。

ダーティ・ウェディング

Dirty Wedding

急行列車の一番前に座って一日じゅう急行に乗っているのが俺は好きだった。車両が環状線《ループ》の北のビルをかすめるように走るのも好きだったし、ビルがすうっと落ちてそのもう少し北の、空襲で焼け出されたみたいなむさ苦しい一画に変わるのは特に好きだった。そこでは人間たちが（窓ごしに誰かが薄汚い何もない台所でスープをスプーンですくって顔に持っていくのが見えたり、子供たちが一ダース床に腹ばいになってテレビを見てるのが見えたりするけど、それもたちまち消え、拭い去られて、今度は映画の広告板で女が一人ウィンクしていて舌で器用に上唇に触れているかと思ったら、女もまた――びゅうん、、、騒音と暗闇が頭の周りに落ちてくる。トンネルだ）現実に生きていた。

俺は二十五か、二十六か、そのくらいだった。指先は煙草のせいで全部黄色かった。ガールフレンドは妊娠していた。

電車に乗るのは一回五十セントだったか、九十セントだったか、一ドルだったか。全然思い出せない。

中絶センターの前でピケを張ってる連中が、聖水を俺たちに振りかけて、指にからませたロザリオをねじった。黒眼鏡をかけた男が一人、ミシェルにぴったりくっついて大きな階段をのぼり、玄関までついて来ながら彼女の耳元で何やら小声で唱えていた。お祈りでもしていたんだろう。どういう文句の祈りだったのか？　ミシェルに訊いてみるのも悪くない。でもいまは冬で、俺の周りの山並は高く、雪に深く埋もれ、俺にはもう彼女が見つからない。

ミシェルは三階で看護婦に予約票を渡した。二人は一緒にカーテンの中に入っていった。ぶらぶらと廊下の向こう側に行ってみると、精管切除に関する短い映画をやっていた。ずっとあとになって、俺はミシェルに、俺ほんとはずっと前に精管切除やったんだぜ、お前を妊娠させたのはきっと誰かよその男だぜと言った。またあるときは、俺は不治の癌にかかっていてまもなく永久にこの世から姿を消すんだよと言った。でも、俺が何をでっち上げようと、どんなに劇的なこと、とことん恐ろしいことを思いつこうと、ミシェルに自分の行ないを悔やませることはできなかった。彼女がはじめのうちに、俺のことを本当に知る前に俺に対して抱いていた愛情をよみがえらせることはできなかった。

とにかく、廊下の向こう側で女を待っている俺たち二人だか三人だか四人だかに病院の連中は映画を見せた。画面は俺の目には曇って見えた。それは俺が怖がっていたからだ

——連中がミシェルに、そしてほかの女たちに、それにもちろん小さな胎児たちに何をやっているかを想って俺は怖かったのだ。映画が終わってから、一人の男と精管切除の話をした。口ひげを生やした男だ。俺はそいつが気に喰わなかった。

「ちゃんと確信がなければいけませんよ」とそいつは言った。

「俺もう絶対、誰も妊娠させません。そこまでは確かです」

「では予約なさいますか?」

「費用、出してくださいますか?」

「自分ですぐ貯められますよ」

「自分で貯めたら一生かかりますよ」と俺はそいつの誤りを正した。

それから俺は、廊下の向かいの待合コーナーに座った。四十五分して看護婦が出てきて、「ミシェルはもう楽になりました」と言った。

「死んだんですか?」

「死んだわけないでしょ」

「死んだらいいかもって、ちょっと思うんですよね」

相手はぞっとした顔をした。「いったいなんの話です」

俺はミシェルを見ようとカーテンの中に入っていった。彼女は嫌な臭いがした。

「気分はどうだい？」

「いいわよ」

「何つっ込まれた？」

「え？」と彼女は言った。「なあに？」

看護婦が「ちょっと。出ていきなさい。出ていきなさい」と言った。

看護婦はカーテンの外に出て、糊のきいたワイシャツを着て嘘っぽい金バッジをつけた大男の黒人を連れて戻ってきた。「この人、この建物にいる必要ないと思うの」と看護婦は男に言って、それから俺に「外でお待ちいただけます？」と言った。

「はいはいはい」と俺は言って、大きな階段を降りて玄関から外に出ても、まだ「はいはいはいはいはいはいはい」と言っていた。

表では雨が降っていて、さっきのカトリック教徒の大半は隣の建物の日よけの下に固まって、プラカードを頭の上にかざして雨風をしのいでいた。奴らは俺の頬となじに聖水を振りかけ、俺は何も感じなかった。まるっきりなんにも。

あとはもう、高架列車に乗って環状線を回る以外、することが思いつかなかった。

ドアが閉まる直前に俺は車両に駆け込んだ。まるで、列車がひとえに俺だけを待ってたみたいに。

雪しかなかったとしたら？　そこらじゅう、冷たい白い雪があらゆる隔たりを埋めていたとしたら？　そして俺は、ひたすら五感をたどってこの冬を通り抜け、やがて白い木立に出る。そして彼女は俺を迎え入れてくる。

車輪がキキーッと鳴って、いきなり見えたのはみんなの大きな醜い靴ばかりだった。音が止んだ。列車はさびれた、胸締めつけられる情景の前を次々通っていった。

界隈を抜け、プラットホームを過ぎるあいだずっと、無効にされた人生が俺を追って夢を見ているのが感じられた。そう、幽霊。痕跡。いまだ残っている何か。

どこかの駅でドアの開閉にトラブルが起きた。俺たちは用事に遅れた——用事と行先がある奴はってことだが。列車は落着かぬ眠りのなかでさんざん待った。そしてやっと、ブーンと小さな音を立てはじめた。動き出す前から、もうじき動くとわかるものだ。ドアが閉まる直前に、一人の男が駆け込んできた。それまでずっと、列車は男を待っていた——男の到着より一秒たりとも、半秒たりとも長くなく待ったのち、その不動状態の神秘なる結晶を内側から壊したのである。列車は男を拾って、動き出した。男は車両の前の方に座り、自分の重要性にまったく気づかずにいた。いかなるたぐいのみじめな、もしくは幸運な運命によって、こいつは川向こうに用事が出来たのか？

俺は男のあとをつけることにした。

何駅かあとで男は下車し、階段を降りて、ずんぐりした、たがいに似たりよったりのブラウンストーンの建物が並ぶ界隈に入っていった。

男は弾むように歩き、両肩は丸まり、あごはシャベルみたいにリズミカルに目の前の空気をすくっていた。男は右も左も見なかった。きっとこのルートはもう一万二千回くらい歩いているのだろう。半ブロックうしろを俺がつけていることを、勘づきも感じとりもしなかった。

そこはどこだかの、ポーランド人の多い界隈だった。ポーランド人の多いところにはああいう雪がある。光をたたえたあの果物もあるし、どこでも見つからないあの音楽もある。男はコインランドリーに行きついて、シャツを脱いで洗濯ドラムに入れた。そして自動販売機で紙コップのコーヒーを買った。

壁に貼られた注意書きを読んだり、自分のドラムが震えるのを眺めたりしながら、男はシャークスキンのスポーツジャケットだけ羽織ってランドリーのなかを歩き回った。胸は幅が狭く、白く、小さな乳首の周りから毛が飛び出ていた。

コインランドリーにはほかにも男が二人ばかりいた。男はそいつらと少し喋った。二人の一方が「警察がベニーのとこに来たんだってさ」と言うのが聞こえた。

「なんで？　何やったんだ、あいつ？」

「フードかぶってたんだよ。警察はフードかぶってる奴を探してたんだ」

「何やったんだ、あいつ?」

「なんにも。なんにもやってない。昨日の夜誰か男が殺されたんだよ」

そしてここで、俺がつけている男が俺の目の前にやって来た。「あんた、高架に乗ってたな」と男は言った。そしてカップを持ち上げて、唇のあいだにコーヒーを一口ぶん放り込んだ。

俺がそこで目をそらしたのは、喉が詰まりかけたからだ。俺はいきなり勃起した。男が男を見てそういう気になることもあるのは知ってたけど、自分がそうだとは知らなかった。そいつの胸はキリストの胸みたいだった。たぶんほんとにキリストだったんじゃないか。あの列車に乗っていた、ほかの誰をつけることだって俺はできた。誰だっておんなじことだったろう。

街の上をもう少し回ろうと、俺は列車に戻った。

ミシェルと二人で住んでいる場所に俺が戻るのを妨げる理由は何もなかったけれど、このころ俺たちはレブル・モーテルにまで落ちぶれていた。メードたちは噛んだものをシャワー室でペッと吐き出した。殺虫剤の臭《にお》いがした。あそこの部屋に戻って待つなんて御免だった。

ミシェルと俺の関係にはドラマがあった。時おりすごく侘しいドラマになることもあったけど、とにかく俺は彼女を、自分のものにせずにいられない気がしたのだ。こういうモーテルに、俺の本名を知ってる人間がほかに一人でもいるかぎり。

裏手には例によってゴミ収集容器がずらっと並んでいて、何が詰め込んであるかは神のみぞ知るだった。俺たちは自分の運命の形なんて想像できない、それは確かだ。

体を丸めて闇のなかに浮かんでいるとする。たとえ考える能力があって、想像力なんてものを持っていたとしても、その状態の反対を想像できるか——アジアの道教の連中が「万物」と呼ぶこの奇跡のごとき世界を？ そしてもしその闇がますます暗くなっていったら？ そしてそのうち自分が死んでしまったら？ それで自分にとって何が変わる？変わったってことがどうやってわかる？


俺は一番前に座った。すぐ横には、運転士一人で一杯の小さな部屋があった。運転士がそこで物質化しては非物質化するのが伝わってきた。宇宙の下に広がる闇のなか、運転士が盲人だって問題ない。奴は未来を顔で感じとっているのだ。と、列車が急に静まり返った。列車から息が蹴り出されてしまったみたいだった。俺たちはまた夜のなかに戻ってきた。

俺のはす向かいに、十六歳ぐらいか、可愛い黒人の子供が座っていた。ヘロインでもうボロボロになってる。彼女は頭を上げていることさえできなかった。自分の夢から出られずにいる。この子はわかっている——俺たちみんな、犬の涙を飲んだって同じことなんだ。俺たちが生きてるってこと以外すべてはどうだっていいんだ。

「黒人のハニーって、俺味わったことないんだよ」と俺は子供に言った。

彼女は鼻をぼりぼり掻いて、目を閉じた。顔が楽園へと垂れていった。

「なあ、おい」と俺は言った。

「黒人。あたし黒人じゃないよ」と彼女は言った。「黄色人種だよ。黒人だなんて呼ばないでよ」

「お前の持ってるやつ、俺にも少しあったらなあ」と俺は言った。

「ないよ、もう。ないよ、ないよ、ないよ」。彼女は神さまみたいに笑った。彼女が笑うのを責める気にはなれなかった。

「また手に入りそうかい？」

「どれくらい欲しいの？　十ドルある？」

「あるかな。うん、ある」

「じゃ連れてくからじき降りるよ」と彼女は言った。「降りて、サヴォイに連れてくよ」。

次の次の駅で彼女は俺を連れて降り、街に出ていった。炎だのなんだのを上げているゴミバケツを囲んで立ってる連中が何人かいて、ぶつぶつ呟いたり歌ったりしていた。街灯柱にも信号にも金網のおおいが掛かっていた。

何を見ても見えるのは自分自身なのだ、と信じてる人間がいることは俺も知ってる。こういう体験をすると、本当にそうなんじゃないかって気がしてくる。サヴォイ・ホテルは悪い場所だった。ファースト・アベニューの上空に上がっていくにつれて、その現実性は尽きていき、そのせいで上の方の階は、虚空にちびちび溶けていった。怪物たちが重たい体を引きずって階段をのぼっていた。地下には長方形の三辺を占める、オリンピックプールみたいにばかでかい酒場と、ぴくりとも動かない分厚い金色のカーテンが掛かったダンスフロアがあった。何をしたらいいのか、誰もがわかっていた。みんな二十ドル札の端を破って一ドル札に貼りつけた札で払っていた。てっぺんの高い黒の帽子をかぶって、ヘルメットみたいにごわごわの金髪に、ぴんと尖った金髪の口ひげの男がいた。そいつはそこに、本気でいたくているみたいに見えた。何をしたらいいのか、こいつにはどうやってわかるのか？　俺の目の端に映る美しい女たちは、俺がまっすぐ見ると消えた。外は冬。午後には夜になる。暗い、暗いハッピーアワー。俺にはルールがわからなかった。何をしたらいいのか、俺にはわからなかった。

前にサヴォイ・ホテルに入ったのは、オマハでのことだった。サヴォイなんてもう一年以上近よってもいなかったけど、それは単に俺の具合がどんどんひどくなっていたからだ。咳をすると、ホタルが見えたのだ。

そこはカーテン以外何もかもが赤かった。何か現実に起きていることが写ってる映画みたいだった。毛皮のコートを着た黒人のポン引き。女たちは空っぽの、光を放つ空間であり、そこに悲しげな女の子の写真が漂っていた。「あんたの金もらって二階に行くよ」と誰かが俺に言った。

ミシェルは俺をきっぱり捨てて、ジョン・スミスという奴のところに行った。それとも、俺たちが別れていた何回かの時期のどこかで彼女はよその男とくっついてじきに運が悪くなって死んだ、と言うべきか。とにかく二度と俺のもとには戻ってこなかった。

俺はこの、ジョン・スミスっていう奴を知っていた。あるパーティで、こいつは俺に銃を売りつけようとしたのだ。同じパーティでもっとあと、俺がラジオに合わせて歌っていて俺の声を気に入ったからといって奴はみんなを静かにさせた。ミシェルはこいつと一緒にカンザス・シティに行って、ある夜こいつが出かけてるあいだに薬をどっさり飲んで、自分のかたわら、奴の枕の上に書き置きを置いた。そこに置けば、きっと奴が見つけてくれて救ってくれると思ったのだ。でもその晩奴はべろんべろんに酔って帰ってきて、メッセージが書かれた紙切れの上に頬を載せただけでそのまま寝てしまった。翌朝奴が目を覚ますと、俺の美しいミシェルは冷たい死体になっていた。

ミシェルは女であり、裏切り者であり、人殺しだった。男も女もみんな彼女を欲しがった。でも彼女を愛することができたのは俺だけだった。

彼女が死んでから何週間も、ミシェルがあの世から俺を呼んでるんだ、俺を口説いてるんだ、とジョン・スミスは会う人ごとに打ちあけていた。奴の周りにいる目に見える連中、まだ息をしていて一応生きてることになってる連中より、ミシェルの方が奴にはリアルらしかった。少し経って、ジョン・スミスが死んだと聞いたときも俺は驚かなかった。

俺の二十四歳の誕生日、二人で喧嘩していたとき、ミシェルはキッチンを出て、ピストルを持って戻ってきて、テーブルの向こう側から俺めがけて五発撃った。でも弾は当たらなかった。彼女が求めていたのは俺の命じゃなかった。もっとそれ以上のものだった。俺の心臓を喰らって自分の為した行ないを抱えて砂漠に埋もれることを彼女は欲した。ひざまずいてその行ないから生を生み出すことを彼女は欲した。子供が母親によってのみ傷つけられうるやり方で俺を傷つけることを彼女は欲した。

それが正しいとか正しくないとか、どこどこの時点で子宮内で赤ん坊は生きてるだとか生きてないだとか、その手のことをみんな言いあってるのは俺も知ってる。これはそういう話じゃない。弁護士がやったことも関係ない。医者たちがやったことも、女がやったことも。これは母親と父親が二人で一緒にやったことなのだ。

もう一人の男

The Other Man

だけど二人の男の話がまだ済んでなかった。二人目の男についてはまだ一言も触れていない。そいつと出会ったのはピュージェット湾のほぼ真ん中で、船がワシントン州ブレマートンからシアトルに向かっている最中だった。

こいつは船に乗ってるもろもろの連中と基本的には変わらず、例によって手すりに寄りかかって、両手を釣りの餌みたいにだらんと垂らしていた。北西部沿岸にしては珍しく晴れた日だった。フェリーボートの上、くっきり緑色の、こぶみたいな島々——陽ざしを浴びて、涼しく燃える燐みたいに見える島々——に囲まれて、みんな最高にいい気分だったと思う。入江の水面は昼の誠実な光を浴びてきらきら光り、頭上の空は神の愛みたいに青くて脳なしだった。臭いはしたけど、甲板の継ぎ目をふさぐのに使う石油化合物の、かすかな、夢うつつの窒息という感じのその臭いも全然問題じゃなかった。

この男は角縁の眼鏡をかけていて、内気な笑みを浮かべていた。この言い方は普通、目をそらしながら浮かべる笑みのことを言うんだと思う。

男に目をそらすことを促したのは、こいつが外国人であること、自分を受け容れてもらうすべを知らないこと、根っから負け犬的性格であることだった。

「あなたはビールを飲みますか？」

「オーケー」と俺は言った。

男は俺にビールをおごってくれて、自分はポーランドから商用で来ているのだと言った。俺は男につきあって、わかりきったことを言っていた。「綺麗な日だねえ《イッツ・ア・ビューティフル・デイ》」――つまり天気がいいということだ。なのに俺たちは絶対「天気がいいね《ザ・ウェザーズ・グッド》」とか「天気が気持ちいいね《ザ・ウェザーズ・プレザント》」とは言わない。決まって「綺麗な日だねえ」「なんて綺麗な日なんだ《ホワット・ア・ビューティフル・デイ》」と言う。

そいつは情けない奴だった。上着は軽量で黄色かった。ひょっとしたらその日初めて着たのかもしれない。いかにも外国人が店に入って、「僕はいまアメリカ製の上着を買っているのだ」と心中呟きながら買いそうな上着だ。「あなたは家族を持っているのですか？」と男は俺に訊いた。「お父さん、お母さん、お兄さん、お姉さん、いますか？」

「兄貴がいるよ、一人いる、両親は二人とも生きてる」

男は会社の経費を使ってレンタカーであちこち回っていた。羽振りのいい、若き国際人。ある種の渇望が俺たち二人のあいだに生じた。俺は男の身に起きていることに仲間入りしたかった。それはただのいい加減な、本能的な思いだった。男の何かを特に欲しいと思ったわけじゃない。何もかも欲しかったのだ。

俺たちは甲板から降りていって、新車の臭いがする男のレンタカーに乗り込んだ。船が停まるのを待って、車を走らせてランプを降りていくと、すぐ先のウォーターフロントにレストラン兼酒場があった。陽光にまだらに染められた騒々しい場所で、分厚いビールピッチャーの太い響きにあふれていた。

俺はそいつに、女房はいるのかとか子供はいるのかとか訊いたりはしなかった。向こうももう訊かなかった。「あなたはオートバイに乗りますか？　私は乗ります」と男は言った。「私は小さいものに乗ります、私たちはそれを、ええと、あなたたちはスクーターと呼びます。ヘルズエンジェルズはオートバイに乗りますが、私は、すみません、違います、スクーターに乗ります。ワルシャワで、私の都市で、私たちは夜の十二時過ぎに公園で走ります、しかし規則は駄目だと言います。その時間よりあとは、そうです夜の真ん中の、あ、真夜中の午後十二時過ぎは公園に行ってはいけません、ぴったり、正確に十二時のあとは規則違反、法律違反なのです。それが法律で、公園は閉めるされるのです。あ、はい、閉められるのです、ありがとう。破ったら刑務所で一か月です。おお、私たちはとても楽しいです！　私はヘルメットをかぶります。警察が来たら、バン！　バン！　彼らは警棒でつかまえます！　しかし痛くありません。しかし私たちはいつも逃げます、なぜなら警官たちは歩くからです、彼らは公園の乗り物を持っていません。私たちはいつも勝ちます！　夜の真ん中のあと、そこはいつも暗いです」

男は失礼しますと言って、トイレへ行くついでにビールのピッチャーをもうひとつ注文しに行った。

二人ともまだ自分の名前を言っていなかった。たぶん最後まで言わないだろう。あちこちの酒場で俺はこれを何度も生きた。

男はピッチャーを持って戻ってきて、俺のグラスになみなみと注いでから座った。「あーもうやめた」と男は言った。「俺、ポーランド人なんかじゃないよ。クリーヴランドから来たんだよ」

俺は呆然とし、愕然とした。本当に。まさかこんなことだとは夢にも思っていなかった。

「じゃあさ、何かクリーヴランドの話してくれよ」と俺は言った。

「カイヤホガ川がいっぺん火事になったんだ」と男は言った。「真夜中にぼうぼう燃えたんだよ。火が、川に沿って浮かんで流れていって。見ていてけっこう面白かったよ、だって水は流れても火は一か所にとどまるだろうって思うじゃない。汚染物質に火が点いたんだ。工場が垂れ流した、可燃性の化学物質とか廃棄物とか」

「さっき言ったこと、どれかひとつでもほんとだったのか？」

「公園はほんとだよ」

「ビールはほんとだよな」

「それに警官も、ヘルメットも。俺ほんとにスクーター持ってるよ」と男は言った。そう俺に請けあったことで、気も晴れたみたいだった。

この男のことをほかの連中に話すと、みんな「そいつ、お前に迫ったわけ？」と訊く。イエス、迫った。でもどうしてみんな、結末がすぐ見えるのか？　俺には——実際に男に会って男と話した俺には——全然見えなかったのに。

やがて、俺の友だちが住んでるアパートの前で俺を降ろすと、男はしばし車を停めて、俺が道を渡るのを見守り、それからぐいっとアクセルを踏んで走り去った。

俺は両手でメガホンみたいに口を覆った。「モーリー！　キャロル！」。シアトルに来るたび、俺はここの歩道に立って四階の窓に向けてどなる破目になった。表の入口はいつも鍵がかかっているからだ。

「帰りな。あっち行け」と一階の窓から女の声がした。管理人の部屋だ。

「だって友だちがここに住んでるんだよ」と俺は言った。

「路上でそんなふうにわめかれちゃ困るよ」と女は言った。

女は窓の近くに寄ってきた。くっきりした目鼻立ちで、瞳は潤み、首の腱が浮き上がっている。狂信的な宗教の文句が、唇の上で震えているように見えた。

「失礼ですが、おたくのそれ、ドイツ訛りですか？」と俺は言った。

「余計なこと言うんじゃないよ」と女は言った。「嘘ばっかり並べやがって。あんたたちみんな、愛想いいったらないよ」

「まさかポーランド訛りじゃないですよね」

俺は車道まで下がった。「モーリー！」と俺はわめいた。ひゅうっと口笛を吹いた。

「もう限度だよ。我慢も限界だよ」

「だってあそこに住んでるんだぜ！」

「警察呼ぶよ。警察呼んでほしいかい？」

「なんて女だ。死んじまえ」と俺は言った。

「そうだよね。愛想いい強盗、逃げてゆく」女は駆けていく俺の背中に叫んだ。

あかあかと燃える暖炉に女を押し込むところを俺は想像した。悲鳴……女の顔に火が点いて燃える。

空は打ち傷を帯びた赤で、黒い筋が走っていた。全体にまるっきり刺青の色だった。日没はあと二分でおしまいだ。

俺が立っている通りは、ファースト・アベニューとセカンド・アベニューに向かって長い下り坂になっていた。そっちは町でも一番低い部分だ。両足は俺を運んで坂を下っていった。俺は己の絶望の上で踊った。ケリーズという酒場の外でぶるぶる震えた。酒場といってもただのしけた飲み屋で、安っぽい光に浸されて店内全体がプカプカ浮かんでいる。俺は中を覗いて、ここに入ってあの老いぼれ連中と飲むのかと思った。

向かいに病院があった。ほんの数ブロックの半径に、四軒か五軒病院があるのだ。パジャマを着た男が二人、この病院の三階の窓から外を眺めていた。一人が喋っていた。この二人が今夜病室から、自分が護ってきたすべてを病によってバラバラにされた有様で出てきた足どりを、俺はほぼ一歩一歩たどることができた。

二人の人間、夕食後にベッドから起きてきた二人の患者が、ホールをさまよっている最中に出会って、煙草の吸殻の臭いがする小さなラウンジにしばらく立って外の駐車場を眺めている。この二人、この男とこの男は、健康を失っている。彼らの孤独はひたすら恐ろしい。こうして彼らはたがいを見出す。

だけど、こいつらが相手の墓参りに行ったりすると思うか？

俺はドアを押してケリーズに入った。店内の連中はでっぷりした両手でビールを抱え、ジュークボックスが独り静かに歌っていた。こうやってみんなじっと座って首をぴくりとも動かさずにいたら、そのうち失われた世界が見えてくるんじゃないかって気になる。

店に女が一人いた。女は俺以上に酔っていた。俺たちは踊って、女は俺に、あたし軍人なのと言った。

「友だちのアパートから締め出されちゃってさ」と俺は言った。

「そんなこと心配しなくていいわよ」と女は言って、俺の頬にキスした。

俺は女を抱き寄せた。女は背が低くて、俺にちょうどいい背丈だった。俺は女をもっと近くに抱き寄せた。

俺たちの周りにいた男連中の誰かがえへんと咳払いした。ベースのリズムが床板を伝ってきたが、連中にまで伝わったかどうか。

「キスさせてくれよ」と俺はすがるように言った。安っぽい味がする唇だった。「君のうちへ連れてってくれよ」と俺は言った。女は俺に優しくキスした。

女は目の周りを黒く描いていた。俺はその目がひどく気に入った。「亭主がうちにいるのよ」と女は言った。「うちへは行けないわ」

「モーテルの部屋を取ったらどうかな」

「あんたがいくら持ってるか次第ね」

「足りないね。足りないよ」と俺は認めた。

「じゃあうちに連れてくっきゃないわね」

女は俺にキスした。

「亭主はどうする?」

女は答えず、踊りながらなおも俺にキスした。男たちはただそれを眺めるか、自分の酒を見つめるか、それ以外まるっきり何もすることがなかった。何がかかっていたか覚えてないが、この時代、シアトルのジュークボックスでしじゅうかかっていた悲しい歌は「ミスティ・ブルー」だ。俺が女を抱きしめて、女の肋骨が俺の手のなかで動くのを感じたときも、たぶん「ミスティ・ブルー」がかかっていたのだろう。

「君を離せない」と俺は女に言った。

「うちに連れてってあげるわよ。カウチで寝ればいいわ。あたし、あとでこっそり出てくから」

「亭主が隣の部屋にいて？」

「眠ってるわよ。あんたのこと、いとこだって言うから」

俺たちは体をそっと、ぎゅっと押しつけあった。「あんたを愛したいのよ、ベイビー」と女は言った。

「うわあ。でもどうかなあ、亭主がすぐそばにいるわけだろ」

「ねえ、愛してよ」と女はせがんだ。しくしくと、女は俺の胸で泣いた。

「いつから結婚してるんだ？」と俺は訊いた。

「金曜日から」

「金曜日？」

「四日間の休暇もらったの」

「じゃあおとつい結婚式やったってこと？」

「あんたのこと、兄貴だって言うわ」と女は提案した。

俺はまず自分の唇を女の上唇に、それからその尖った口の下の方に持っていき、それからもろに女にキスした。俺の口が女の開いた口に重なって、俺たちは口のなかで出会った。

それはそこにあった。本当に。廊下を歩く長い道のり。開くドア。美しい見知らぬ他人。裂けた月が元通りになる。俺たちの指が涙をふり払う。それはそこにあったのだ。

ハッピーアワー

Happy Hour

俺は十七歳のベリーダンサーを探し回っていた。彼女はいつも、兄と称する若い男と一緒だったが、そいつは兄なんかじゃなくて、彼女に恋してる男たちの一人にすぎなかった。そして彼女もわざわざ追い払いはしなかった。人生、そういうこともありうるのだ。俺も彼女に恋していた。でも彼女はいまも、最近刑務所に入った男に恋していた。俺は最悪の場所を一軒一軒見ていった。ベトナム・バーとか、そういう場所。

バーテンが「酒、飲むかい?」と訊いた。

「こいつ飲む金なんて持ってないよ」

持ってたけど、二時間まるまる飲む金はない。

ジムジャム・クラブも覗いてみた。インディアンたちがいた。クラマスかクートネーか、もっと北——ブリティッシュ・コロンビア、サスカチェワン——から来た連中だ。カウンターに並んで座った姿は、小さな聖像だか太った人形だか、子供の手で荒っぽく扱われた物みたいに見えた。彼女はいなかった。

切れ長の黒い目をした、ネズ・パースという名のインディアンが、一番安いポートワインのグラスを注文しようと身を乗り出して、俺は危うく肱で丸椅子から落とされそうになった。俺は「よう、昨日俺ここでお前とビリヤードやってなかったっけ？」と言った。

「いや、それはないと思うね」

「それでお前、俺がラックを立ててるあいだに小銭作って返すからって言ったんだ」

「俺、昨日ここになんかいなかったよ。この町にいなかったもの」

「でお前、二十五セント返さなかったんだよな？　お前俺に二十五セントの借りだぜ」

「あの二十五セント、返したじゃないか。しっかりあんたの手に載せたよ。十セント二枚と五セント一枚」

「これって誰か痛い目に遭うよな」

「俺じゃないね。あの二十五セントは返したんだから。たぶん床にでも落ちたんだろ」

「お前、限度ってもの知ってる？　越えちゃいかん一線って知ってる？」

「エディ、エディ」とインディアンはバーテンに言った。「昨日床に十セントとか五セントとか落ちてなかった？　掃除したかい？　そういうの出てこなかったかな、十セント二枚と五セント一枚とか？」

「たぶんな。たいてい落ちてるからさ。それがどうだってんだ？」

「な？」と奴は俺に言った。

「お前らと話してるとすっごく疲れるぜ」と俺は言った。「指もろくに動かないくらい疲れる。お前らみんな」

「おいおい、俺だったら二十五セントでそんなにからんだりしないぜ」

「お前らみんな、一人残らずだ」

「二十五セント欲しいのか？　馬っ鹿馬鹿しい。ほら」

「要るかよそんなの。死んじまえ」と俺は言って金を押し返した。

「持ってけよ、二十五セント」と奴は、俺が触ろうとしないとわかるとすごく大きな声で言った。


すぐその前の夜、彼女は俺を同じベッドで寝させてくれた。一緒に寝たってわけじゃなくて、並んで寝させてくれただけだけど。彼女は三人の女子大生のところに居候していて、三人のうち二人はボーイフレンドが台湾人だった。偽の兄は床で寝た。朝起きると奴は何も言わなかった。いつも絶対、何も言わない。それが奴の成功の（大した成功じゃないが）秘密なのだ。俺は女子大生の一人と、英語を喋らないボーイフレンドに四ドル渡した。ほとんど全財産だ。この二人が俺たちみんなに台湾産のマリファナを手に入れてくるというのだ。兄が歯を磨いてるあいだ俺は窓際に立ってアパートの駐車場を見下ろし、奴らが俺の金を持って緑のセダンで出かけるのを眺めた。駐車場から出もしないうちに、車は電信柱に激突した。奴らはセダンから降りて、車のドアも開けっ放しのまま、たがいにしがみつきながらよたよた歩いていった。風に吹かれて髪が顔の周りを舞っていた。

その日の午前中、俺は市営バスに——これはシアトルでのことだ——乗っていた。前の方の、横を向いた長い座席に俺は座っていた。向かいに、分厚い英文学の教科書を膝に載せた女が座っていた。隣には色の薄い黒人が座っていた。「そう、今日は給料日よ」と女は黒人男に言った。「いい気分よね、どうせ長続きしないけど」。黒人男は女を見た。額が大きいせいで男は内省的に見えた。「俺はね、この町で過ごす時間があと二十四時間残ってる」と男は言った。

外の天気は澄んで穏やかだった。シアトルはたいていの日曇ってるけど、いま思い出すのは晴れていた日ばかりだ。

俺はバスに三時間か四時間乗っていた。運転手はいつからか、巨体のジャマイカ女に変わっていた。「バスにただ乗ってちゃ駄目だよ」と女はバックミラーに映った俺に呼びかけた。「行き先がなくちゃ駄目だよ」

「じゃ図書館で降りるよ」と俺は言った。

「ならいいよ」

「ならいいに決まってるさ」と俺は言い返した。

たくさんの言葉の——まるっきり理解できないのもいっぱいある——くすぶる力に圧倒されて息もろくにできないまま、俺はハッピーアワーまで図書館にいた。

車の流れは容赦なく続き、歩道は混みあい、人はみんな自分の考えで頭が一杯で怖い顔をしていた。ハッピーアワーはラッシュアワーでもあるのだ。

ハッピーアワーのあいだは、一杯分の料金で二杯飲める。

ハッピーアワーは二時間続く。


その間ずっと俺はベリーダンサーを探していた。彼女の名前はアンジェリーク。彼女を見つけたかったのは、ほかにもいろんなしがらみはあっても、彼女が俺のことを好いてくれてるみたいだったからだ。俺の方は、初めて見た瞬間にいっぺんで好きになった。そのとき彼女は勤め先のギリシャ風ナイトクラブにいて、曲の合間にテーブルで休んでいた。ステージライトが少し彼女に触れていた。ひどく華奢な体だった。何か遠くのもののことを考えてるみたいに、誰かに滅ぼされるのを辛抱強く待っているみたいに見えた。髪をチョップカットにした男っぽいダンサー仲間がぴったりくっついていて、「あんたなんの用なわけ、坊や?」と彼女に酒をおごろうとした船乗りに言った。アンジェリーク本人は何も言わなかった。この処女っぽい物悲しさは、まるっきりの作りものでもなかった。この女のなかには、まだ生まれることを本人が許していない部分があったのだ——なぜなら、それはこの場所にはあまりに美しすぎたから。それは本当だ。でも彼女の大部分はボロボロになったあばずれ女だった。「ちょっと仲よくしようと思っただけさ」と船乗りは言った。「こんなに酒高いんだからさ、少しはいい目見さしてくれたって」。「あんたの見る目なんかこの子の知ったこっちゃないよ」と年上のダンサーは言った。「この子は疲れてるんだよ」

もう六時だった。俺は店を出てギリシャ風ナイトクラブに寄ってみたが、彼女は町を出たと言われた。

一日は炎のように神々しく終わろうとしていた。海峡に並ぶ船は、切り絵が太陽に吸い込まれようとしてるみたいに見えた。

俺はダブルで二杯飲んで、そのとたん、ずうっと長いあいだ死んでいたのがいまやっと目が覚めたみたいになった。

俺はピッグ・アリーにいた。そこはもろに港に建った建物で、ぐらぐらの桟橋の上、海に突き出していて、床はカーペットを敷いたベニヤ板、カウンターは耐熱樹脂だった。煙草の煙はこの世のものとは思えなかった。雲の天井を通って太陽がじわじわ降りてきて海に火を点け、溶解した光で大きなピクチャーウィンドウを満たし、俺たちはまばゆい霧に包まれて売り買いしたり夢を見たりした。ファースト・アベニューに並ぶ酒場に入っていく人々は自分の肉体を放棄した。そうなるともう、見えるのは、俺たちのなかに棲む悪鬼だけだった。たがいに対して悪を為した魂たちがここに集められた。レイピストは強姦した相手に遭い、見捨てられた子供は母親を発見した。けれど何ひとつ癒えはしなかった。鏡はすべてのものをそれ自身から隔てるナイフだった。偽りの仲間意識の涙がカウンターの上に垂れた。そしていま、お前は俺に何をしようというのか？　何を使って、俺を怯えさせようというのか？

さっき図書館で気まずいことがあった。年輩の紳士が一人、両腕に本を抱えて貸出カウンターから俺のところにやって来て、小声の、女の子の口調で「社会の窓、開いてますよ。お知らせした方がいいと思って」と言ったのだ。

「オーケー」と俺は言った。そしてすばやく手をのばしてジッパーを閉めた。

「けっこう大勢、気づいてましたから」と紳士は言った。

「オーケー。どうも」

「どういたしまして」と紳士は言った。

その気になれば、俺はあのときあの図書館であの男の首を締めつけて殺すことだってできた。この世ではもっと奇妙なことがいくらでも起きている。だが相手は立ち去った。

ピッグ・アレーは安い店だった。俺は片目に青あざが出来た、看護婦の制服を着た女の隣に座った。

見覚えのある女だった。「今日は、ボーイフレンドは？」

「ボーイフレンドって？」と相手は無邪気に言った。

「あいつに十ドル渡したら、いなくなっちまったぜ」

「いつ？」

「先週」

「見かけてないわよ」

「あいつ、もう少し大人になるべきだぜ」

「たぶんいまタコマにいるわ」

「いくつなんだ、三十くらいか？」

「明日帰ってくるわ」

「もう人に小銭たかってる歳じゃねえだろ」

「ねえ、薬買わない？　あたしお金要るのよ」

「どんな薬だ？」

「サイケデリック・マッシュルーム粉にしたやつ」

女はそれを俺に見せた。こんなもの、飲み込める奴なんているわけない。

「こんなでかい薬初めて見た」

「三ドルでいいわよ」

「そんなサイズのカプセルあるなんて知らなかった。なんていうサイズだ？　ナンバーワン？」

「そうよ、ナンバーワンよ、うん」

「参ったな。卵みたいだぜ。イースターエッグだぜまるっきり」

「ちょっと待って」と女は俺の金を見ながら言った。「あ、違う、いいんだ――三ドルね。あたしときどき、ろくに数えられもしなかったりするのよね！」

「はいよ」

「そのままお酒飲みつづけるのよ。流し込むの。そのビール全部飲んじゃいなさい」

「わお。俺、どうやったのかな？　ときどき俺って人間じゃないんじゃないかって思うんだ」

「別の一ドル札ないかしら？　これちょっと皺くちゃで」

「ナンバーワン飲み込んだのって初めてだよ」

「たしかに大きいカプセルよね」

「最高に大きいよ。これって馬用？」

「違うわよ」

「馬用だよ、絶対」

「違うわよ。馬には口にペースト吹きつけるのよ」と彼女は説明した。「すごくべたつくペーストだから、馬が吐き出そうとしても吐き出せないのよ。馬用の薬はもう作ってないの」

「そうなの?」

「もうやめたのよ」

「でももし作ってるとしたらさ」と俺は言った。

シアトル総合病院の安定した手

Steady Hands at Seattle General

二日としないうちに俺は自分でひげを剃っていたばかりか、新しく入ってきた連中のひげまで剃ってやっていた。そこで注射された薬というのが、驚異的な効き目だったのだ。驚異的と言うのは、何しろほんの数時間前にストレッチャーで運び込まれたときには、廊下を通りながら柔らかな夏の雨の幻覚が見えていたのだ。廊下の両側に並ぶ病室を覗くと、いろんな物（花瓶、灰皿、ベッド）が濡れて恐ろしげな姿をさらし、己の真の意味を隠そうともしていなかった。

注射器何本分かを注入された俺は、それまで軽い、発泡スチロールみたいな物だったのが、一人の人間に変わった気がした。俺は両手を目の前にかざした。手は彫刻の手みたいにじっと動かなかった。

俺は同室のビルのひげを剃ってやった。「口ひげのとこ、変なふうに剃るなよ」とビルは言った。

「ここまではいいか？」

「ここまでは」

「じゃあ今度は反対側」

「まあそれが道理だな」

ビルは片方の頬骨のすぐ下、かつて銃弾が顔に入ってきたところに小さな傷があって、反対側の頬には、弾が出ていったところに、それよりほんの少し大きな跡があった。

「そうやって顔を通り抜けてさ、そのあとも弾はまだ何かやらかしたわけ?」

「知るかよそんなの。メモなんか取ってないよ。いくら通り抜けたって、顔を撃たれたって感じは同じことさ」

「こっちの小さな傷はなんだい、このもみあげ通ってるやつ?」

「さあなあ。そいつは生まれつきかな。初めて見るよ」

「いつの日かあんたのこと、みんなが詩か小説で読むんだよ。読者のためにさ、自分のこと描写してみてくれる?」

「どうかなあ。デブのろくでなし、かな」

「あのさ。俺真面目なんだよ」

「嘘だろ、俺のこと書くだなんて」

「おいおい。俺、作家なんだぜ」

「じゃあさ、太り過ぎって書くだけでいいよ」

「彼は太り過ぎである」

「いままで二度撃たれた」

「二度？」

「二人の妻に一度ずつ、合計三発撃たれて、四つ穴が開《あ》いた。入った穴三つ、出た穴一つ」

「で、まだ生きてるのかい」

「詩にするとき、あちこち変えたりするわけ？」

「いや。一言たがわずそのまま書く」

「そりゃあ残念だな。だってさ、生きてるのかって訊くなんてさ、お前馬鹿っぽく見えちまうぜ。そりゃ生きてるに決まってるだろが」

「いやいや、もっと深い意味において生きてるのかって訊いてるのかもしれないぜ。喋ってはいても、深い意味では生きてないってこともありうるわけでさ」

「いまここのろくでもない有様で全部さ、それより深いところなんかあるもんか」

「何言ってんだ？　ここ、すごくいいじゃないかよ。煙草だってもらえるし」

「俺まだもらってない」

「じゃあやるよ」

「おお。悪いな」

「もらったら返してくれればさ」

「かもな」

「女房に撃たれたとき、なんて言ったの？」

「『撃ったな！』って言った」

「二度とも？　どっちの女房にも？」

「一度目は何も言わなかった。口を撃たれたから」

「じゃあ喋れなかったんだ」

「気絶したから喋れなかったのさ。気絶してたあいだに見た夢、いまだに覚えてるよ」

「どんな夢？」

「言えるわけないだろ。夢なんだからさ。まるっきり意味通らなかったよ。でも覚えてるんだよ」

「描写とか全然できないの？」

「どんな描写になるのか、まるっきりわかんないね。悪いけど」

「なんでもいいんだよ。ほんとなんでもいいから」

「そうだな、まず、この夢は何度も戻ってくる。つまり、起きてるあいだにさ。最初の女房のことを思い出すたび、あいつが俺に向けて引き金を引いたことを思い出して、そのたびに夢が戻ってくるわけで……

で、その夢はさ、なんて言うか、全然悲しいところとかないんだよ。だけど思い出すたびに俺、くそったれ女が、ほんとに撃ちやがって。ああまたこの夢だって思うんだ」

「あんた、プレスリーのあの映画観た？『夢の渚』」

「『夢の渚』。ああ、観たよ。実はいま俺も言おうとしてたとこでさ」

「オーケー。済んだよ。鏡、見てみなよ」

「うん」

「何が見える？」

「俺どうしてこんなに太ったんだ？　全然食わないのに」

「それだけ？」

「うーん、どうかな。まだここ来たばかりだし」

「あんたの人生は？」

「ふん！　よく言うよ」

「過去は？」

「過去がどうした？」

「ふり返ったら、何が見える？」

「めちゃめちゃに壊れた車」

「中に人は乗ってる？」

「うん」

「誰だい？」

「もうただの肉になってる奴らだよ」

「ほんとにそういうことなの？」

「知るかよそんなの。まだ来たばかりなんだし。ここ、ひどいとこだな」

「冗談だろ？　ハルドールばんばん打ってくれるんだぜ。極楽だよ」

「だといいけどな。俺がいままで行ったところってさ、濡れたシーツにくるまれて、仔犬にやるゴムのおもちゃ、あれ噛まされて、とかそんなのばっかりでさ」

「毎月二週間ずつ、ここで暮らせたらいいと思うね」

「ま、俺の方が歳行ってるからな。あんたはまだこういうの二度三度くぐり抜けても、五体満足で出てこれるだろうけど。俺はもう無理だね」

「なんの、あんた元気にやってるじゃないか」

「ここに言えよ」

「え、弾丸の穴に言うの？」

「弾丸の穴に言えよ。あんた元気だよって言ってくれよ」

ベヴァリー・ホーム

Beverly Home

俺は時おり昼休みに向かいの大きな養樹場に行った。そこは植物と濡れた土が一杯あるガラスの建物で、冷えた、死んだセックスの空気があった。その時間、いつも同じ女性が黒っぽい苗床にホースで水をやっていた。一度だけ彼女と話をしたことがある。だいたいは俺自身のこと、俺の抱えている問題のことを話した。間抜けもいいところだ。俺は彼女に電話番号を訊いた。あたし電話ないの、と彼女は言った。どうやら彼女は左手をわざと隠しているみたいだった。たぶん結婚指輪をはめていたからだろう。またそのうち寄ってよ、と彼女は言ったが、もう二度と戻ってこないと思いながら俺はその場を去った。俺にはどう見ても大人すぎる感じの女だった。

そして時おり、砂漠に砂嵐が立ちのぼって、ものすごく高くそびえるものだから、そこにもうひとつ都市ができたみたいに見えた。恐ろしい新時代が近づいてきて、俺たちの夢をかすませている。

俺は心の内はクンクン情けなく鳴く犬でしかなかった。仕事を探したのは、俺が仕事を探すべきだとみんなが信じてるみたいだったからだし、仕事が見つかって嬉しかったのは、それと同じ連中（カウンセラーとか麻薬中毒者更生会のメンバーとか）が仕事というのを嬉しいものと思っているらしかったからだ。

「ベヴァリー」という名前を聞くと、たいていみんなベヴァリー・ヒルズを思い浮かべるんじゃないか。金に頭を撃ち飛ばされた連中が、街をさまよっている。

俺自身は、ベヴァリーという名前の知りあいは一人も思い出せなかった。でも美しい、響きのいい名前だ。俺はその名を有する、O字型でターコイズブルーの老人病院で働いていた。

ベヴァリー・ホームに住んでる人間全員が年老いて無力だったわけじゃない。若いけれど体が麻痺してる奴もいた。まだ中年を過ぎてもいないのにもう痴呆になってるのもいた。元気だけど、どうしようもない畸形のせいで街に出してもらえない連中もいた。彼らを見ると、神が見境ない狂人に思えてきた。一人は骨に先天的な病気があって、そのせいで身の丈二メートル十の怪物になっていた。名前はロバートといった。ロバートは毎日、立派なスーツか、ブレザーとスラックスの組み合わせをきっちり着ていた。手の長さは四十五センチあった。頭は重さ二十キロのブラジルナッツに顔がついたみたいだった。あんたも俺も、自分がなるまでそんな病気のことは知らないし、なったらもう、そういう人目につかないところに追いやられてしまうのだ。

これはパートタイムの仕事だった。施設のニューズレター作りを俺は任されていた。毎月二回発行の、謄写版刷りの数ページ。それと、みんなに触るのも俺の役目だった。患者たちはみな、歩いたり車椅子を使ったりして、広間をうろうろ動き回る以外何もすることがない。そして人の流れは一方向にしか動かない。それがルールだった。俺は指示されたとおりその流れに逆らって歩き、一人ひとりに声をかけ、手を握ったり肩をつかんだりした。みんな触られることを必要としているのに、あまり触ってもらえないからだ。四十代前半の、たくましく元気そうな、だがすっかり惚《ぼ》けた白髪の男に俺はいつも声をかけた。男はいつも俺の胸ぐらをつかんで、「夢見る人間はいずれ代償を払わされるんだよ」といったたぐいのことを言った。俺は自分の指で男の指を覆った。そのかたわらで、車椅子から落ちかけている女が「神さま？　神さま？」とわめいていた。両足の先は左を向いて、頭は右を向いて、両腕は五月祭柱《メイポール》に巻きつけたリボンみたいに体にぐちゃぐちゃにからまっていた。俺は女の髪に両手をさし入れた。その間、周りではいろんな連中がぞろぞろ歩き、俺はそいつらの目を見ると雲を、体を見ると枕を連想した。そしてまた、どこかそのへんのクローゼットに置いてある変な機械（何か衛生に関係ある装置）に肉を全部吸いとられたみたいに見えるのもいた。こうした連中の大半は、一人では風呂に入れないくらい行ってしまっていた。プロの人間が、複雑なノズルのついたぴかぴかのホースで洗ってやらないといけなかった。

多発性硬化症と似たような病気の男が一人いた。ひっきりなしに痙攣が訪れるせいで、車椅子の端にちょこんと横向きに座って、鼻の筋にそって下を向き、ごつごつの指をじっと見ていた。この病は、男を突如襲ったのだった。見舞いは一人も来なかった。妻は離婚手続きの最中だった。まだ三十三歳だと本人は言っていたと思うが、何を言ってるのか聞きとるのは難しかった。もうろくに喋れなくなっていて、突き出した舌をくり返し上下の唇で締めつけ、うううううなるのが精一杯だったからだ。

この男については、もうふりをしてもはじまらない！　奴は完璧に、見るからにメチャクチャだった。残った俺たちは、いまも相変わらず、たがいをごまかそうとあくせくしている。

俺はいつも、フランクという名前の、両脚を膝上で切断された男にも声をかけに行った。フランクは堂々たる悲しみとともに挨拶を返し、空っぽのパジャマズボンをあごで指した。一日中ベッドでテレビを観ていた。フランクがここにとどまっているのは、肉体の状態のせいではなく悲しみのせいだった。

ホームはアリゾナの、フィーニックス東部の、行きどまりになった場所にあって、街を囲む砂漠が見えた。これはその年の春のことで、何種類かのサボテンがそのとげからすごく小さな花を咲かせていた。毎日帰りのバスに乗るために俺は空地を通り抜け、ときどきそういう花に行きあたった。小さなオレンジ色の、アンドロメダから落ちてきたみたいに見える花が、己の遠さのなかに青が吸いこまれて見える空の下、千百の色合いの茶色におおむね包まれた世界に囲まれていた。俺は目がくらみ、うっとり魅了される。歩いていて、妖精が小さな椅子に座っているところに行きあたったとしても同じ気持ちになっただろう。砂漠の日々はすでに熱く燃えていたが、何ものもこうした花々の息を止められはしなかった。

　そしてある日、例によって空地を抜けて、タウンハウス式のアパートが並んでいる裏手を通ってバス停に向かう最中、一人の女がシャワーを浴びながら歌を歌っているのが聞こえた。俺は人魚を思い浮かべた。落ちてくる水のぼんやりした音楽、濡れた部屋から流れる柔らかな歌。日はそろそろ暮れはじめ、あたりに浮かぶ建物から熱が漂い出ていた。ラッシュアワーだったが、砂漠の空というやつは交通の音を吸収し、無為な、ちっぽけなものにしてしまう。女の声は、俺の耳に届く何よりも澄んだ音だった。

　うち捨てられた人間の無心さをもって、忘我をもって女は歌った。誰かに聞こえるかもしれないということも頭になかったにちがいない。それはアイルランドの賛美歌みたいに聞こえた。

窓から中を覗けるくらい俺の背丈はあると思ったし、誰かに見つかりそうにも思えなかった。

このへんのタウンハウスは、砂漠っぽい造園を狙って、芝生の代わりに砂利が敷かれてサボテンが植えてある。砂利の音を立てないよう、そうっと歩かないといけない。聞きそうな人間はいなくても、自分で自分の足音を聞くのが俺は嫌だったのだ。

窓の下、格子垣《トレリス》と朝顔の蔓が俺をカモフラージュしてくれた。いつものように車が流れていく。誰も俺に気づかない。それは浴室によくある小さな高い窓だった。あごをその上に持っていくには、爪先で立って窓台をしっかりつかまないといけない。女はもうシャワー室から出ていた。声と同じに柔らかい、若い体だが、もう娘ではない。形はずんぐりしている方だった。薄い色の髪が濡れてまっすぐ、ほとんど腰のくびれあたりまで垂れていた。女は横を向いた。靄が鏡を包み、窓も少し包んだ。そうでなかったら、俺の目が背後に映っているのが女から見えたかもしれない。俺は体の重さがなくなった気分だった。窓台にしがみつくのは訳なかった。いったん離したら、もう一度顔を持ち上げる度胸が出ないことはわかっていた。そのころにはもしかしたら女も窓の方を向いていて、悲鳴を上げるかもしれない。

女はささっとすばやく体を拭いた。自分の体に甘ったるく、セクシーに触れたりなんてことは全然なかった。ちょっとがっかりだったけど、乙女っぽくてそれはそれで刺激的だった。ガラスを割ってこの女をレイプするところを俺は想像した。でも女に自分を見られるのは嫌だっただろう。仮面をかぶったらできるかも、と思った。

俺の乗るバスが走り過ぎていった。24番バス——スピードを落としさえしない。俺もチラッと見ただけだったが、中に乗ってる連中がみんなどれほど疲れているかは、彼らが座って前後に揺れている姿勢を見るだけでわかった。その多くは何となく見覚えがあった。たいていは行きも帰りも一緒なのだ。通勤、帰宅。でも今夜は違う。

まだすっかり暗くはなかった。でも車はもう少なくなっていた。勤め人の大半はすでにリビングルームでテレビを観ているのだ。でも女の亭主はまだだ。俺がバスルームの窓の前で奴の女房を覗き見しようとしている最中に、亭主の車が帰ってきた。俺は何かを感じた。首を触られたような、すごく嫌な感触だった。車が玄関前の私道に入ってくる直前に、俺はさっとサボテンの陰に隠れた。そのままにしていたら、奴の目が壁の、俺が立っているところを見渡していっただろう。車は私道に入って、家の反対側に回って見えなくなった。エンジンが切られて、その最後の音が夕暮れに反響するのが聞こえた。

奴の妻はすでにシャワーを終え、ドアがその背後でちょうど閉まるところだ。バスルームにはもう、そのドアののっぺりした感じ以外何も残っていないように見えた。

バスルームから出たいま、女はもはや俺にとって失われた存在だった。もう彼女を覗き見することはできない。ほかの窓はどれも家の角にあって、通りから丸見えだからだ。

俺はそこを出て、次のバスを待った。四十五分待って、最終バスが来た。そのころにはもうだいぶ暗くなっていた。俺はバスに乗って、奇妙な、人工の光の下で、ノートを膝に載せてニューズレターを書いた。「工芸アワーも新たに決まりました」——上下に揺れる殴り書き——「月曜の午後2時です。前回の課題はパン生地で動物を作ることでした。グレース・ライトは可愛いスヌーピーを、クラレンス・ラヴェルは軍艦を作りました。ほかにもミニチュアの池、亀、蛙、テントウムシ、などなどたくさん出来ました」


この時期俺が最初につきあったのは、「酒なしパーティ」で会った女だ。これは俺みたいな治りかけのアル中とか薬中毒のための社交の場で、女自身はそういう問題を抱えていなかったが、女の亭主は抱えていて、もうずっと前にどこかに姿を消してしまっていた。そしていま女はあちこちで慈善の仕事をボランティアでやっていたが、それとは別にフルタイムの職もあったし、小さい娘を一人育ててもいた。俺たちは毎週土曜日の晩に定期的に会うようになって、彼女のアパートで一緒に寝るようにもなったけれど、俺がそのまま朝食の時間までいたことは一度もなかった。

この女はすごく背が低かった。一五〇センチよりだいぶ下、もしかすると一四〇センチを切るくらいだ。腕の長さは体に、少なくとも胴には比例していなかったが、脚には合っていた。脚もすごく短かったのだ。医学的に言えばこびとだった。でも彼女を見てまず目につくのはそのことじゃなかった。大きな、地中海風の瞳をしていて、一定量の煙、神秘、悪運がその両目に詰まっていた。こびとだってことが一目ではわからないように服を着るコツもつかんでいた。愛しあうとき、俺たちは同じ大きさになった。彼女の胴は普通だったからだ。短かったのは腕と脚だけなのだ。彼女が小さな娘を寝かしつけたあと、俺たちはテレビ室の床の上で愛しあった。二人とも仕事があるし、娘の世話もあるしで、俺たちのあいだで一定のスケジュールが定まっていった。愛しあうときはいつも同じ番組をやっていた。馬鹿らしいサタデーナイト・ショーだった。でも俺は、そのニセの宇宙からの会話や笑いが耳で鳴っていないと愛しあうのが怖かった。彼女のことを知りすぎたくなかったから、俺たちの目で沈黙を埋めたくなかったから。

たいていはその前にまず、どこかのメキシカンレストランへ行って夕食を食べた。壁が日干し煉瓦《アドービ》で、誰の家に掛けても安っぽく見えるだろうビロードの絵が掛かっているたぐいの小じゃれた店だ。食べながら、俺たちはその一週間に何があったかを知らせあった。ベヴァリー・ホームでの仕事のことも俺は彼女に話した。俺は人生に新しい姿勢で臨んでいた。職場にもなじもうとしていた。盗みも働いていなかった。一つひとつの課題を、最後までやり通そうと努めていた。そういう姿勢だ。彼女の方は、航空会社のチケットカウンターで働いていた。たぶん切符を売り買いするのに箱か何かを踏み台に使っていたのだろう。彼女は他人を理解することに長けた心の持ち主だった。俺も彼女の前では、自分をほとんどありのままにさらすことをためらわなかった――ひとつの点を除いて。

春がもう来ていて、日がだんだん長くなってきていた。俺は何度も、タウンハウスに住む主婦を覗き見するチャンスを待ってバスに乗りそこなった。

なんだってそんなことができたのか、どうやったら人間そこまで堕《お》ちられるのか？　その問いは俺にも理解できる。それに対し、俺はこう答える。冗談でしょ？　そんなの簡単ですよ。俺、もっとずっと下まで堕ちたことありますよ。それでもまだ、きっともっと下まで行くよなって思いましたよ。

そこに立ちどまって、女がシャワーを浴びるのを見て、彼女が裸で出てきて体を拭いてバスルームから出ていくのを見て、亭主が車で帰ってきて玄関から中に入っていくのに耳を澄ます。これが俺の日課になっていった。彼らは毎日同じことをした。週末は知らない。週末は俺も仕事をしなかったから。そもそも週末はバスもスケジュールが違っていたと思う。

彼女が見えることもあれば、見えないこともあった。人に見られて恥ずかしいような真似を彼女はいっさいやらなかったし、俺は彼女の秘密を何ひとつ発見できなかった。俺としては、何しろ向こうは俺のことを知らないのだし、ぜひとも何か発見したいと思ったのだが。おそらく彼女は、俺という存在を想像することすらできなかっただろう。

たいていは俺が立ち去る前に亭主が帰ってきたが、亭主が俺の視界内に入ったことは一度もなかった。ある日、俺はいつもより遅く二人の家に行って、裏手ではなく表側に回った。亭主が車から降りてくるのと同時に、俺は家の横を抜けていった。大して見るべきものはなかった。ごく当たり前に、夕食の待つわが家に帰ってきた男。俺としても好奇心はあったが、こうして現に見てみると、自分がこの男を嫌っていることが確信できた。そいつは頭のてっぺんが禿げていた。スーツはだぶついていて、皺が寄って、滑稽だった。あごひげを生やしていたが、口ひげは剃っていた。

こんなやつにあの女房はもったいない、と思った。歳だって中年か、もう少し行っている。女房は若い。俺も若い。彼女と一緒に駈落ちするところを俺は想像した。残酷な巨人、人魚、人を虜《とりこ》にする呪文、そういったものたちに憧れる想いが、砂漠の春、その待ち伏せ場所、その香りのなかで己を焼き尽くしたいと焦がれている気がした。

俺は亭主が家に入っていくのを見守り、それからバス停で、夜になるまで待った。バスのことはどうでもよかった。闇の訪れを俺は待っていたのだ。彼らの家の前に、向こうからは見られずに立って、リビングルームを覗けるようになる時を。

表側の窓から、二人が夕食を食べるのを俺は見た。彼女は長いスカートをはいて、頭のてっぺんに白い布切れをかぶせていた。ユダヤ人がかぶる頭布《スカルキャップ》みたいなやつだ。食べはじめる前に二人はうつむいて、まるまる三分か四分祈っていた。

夫の方はもともと、ずいぶん地味で古臭い感じだなと思っていた。ダークスーツで、靴は大きいし、リンカーンひげ、頭は光っている。そしていま、妻の方も似たような身なりなのを見て、俺は悟った。二人はアーミッシュなのだ。あるいは、メノナイトという可能性はもっと高いか。メノナイトが海外で布教活動をやっていることは俺も知っている。見知らぬ、誰も自分たちの言葉を話さない世界に行って、孤独な慈善活動に彼らは励んでいる。でもまさか、フィーニックスに夫婦二人きりでタウンハウス暮らしをしているとは。こういう派の連中はたいてい田舎に住んでいるものだ。このそばに聖書の大学があるきっとあそこの授業を受けにここへ来たんだろう。

俺はわくわくした。二人がファックするところを見たかった。それが起きるときにどうやったらここにいられるかを俺は思案した。そのうち夜遅く、真っ暗になってから来れば、ベッドルームの窓の前に立っても通りから人に見られないだろう。そう思うと頭がくらくらした。俺は自分にうんざりし、同時に嬉しくてたまらなかった。女がシャワー室から出てくるところを一目見るだけではもう物足りなかった。俺は家から離れて、裏手を抜けて24番バスを待った。でももう遅かった。最終バスはもう行ってしまっていた。

ベヴァリー・ホームの木曜日は、一番年長の患者たちが集められてカフェテリアの椅子に座らされ、紙コップに入ったミルクと紙皿に載ったクッキーを与えられる日だった。そして彼らは「私は覚えている《アイ・リメンバー》」というゲームをやる。すっかり惚けて誰も届かなくなってしまう前に、生活の細部を少しでも忘れさせないための遊びだ。一人ひとり、その朝何があったか、先週何があったか、数分前に何があったかを語る。

時おりちょっとしたパーティを開いて、カップケーキを出し、誰かの人生がもう一年めぐってきたことを祝う。日にちのリストを作ってみんなに知らせるのも俺の役目だった。「そして十日には、アイザック・クリストファーソンがなんと七十九歳になりました！ おめでとう！ 来月はお誕生日の方が六人いらっしゃいます。誰と誰だかは、四月の『ベヴァリー・ホーム・ニューズ』をごらんください！」

どの部屋も一本の廊下に面していたが、廊下がカーブしているために、ずっとたどっていくとやがて元の位置に戻ってきて、はじめに覗いた部屋がまた目の前に現われた。時おり廊下が、だんだん狭まっていく螺旋になっている気がすることがあった。輪はどんどん小さくなって、すべての中心に収斂していく。中心とはすなわち、出発点だった部屋だ。どの部屋だっていい。切断された脚の残りをペットみたいに毛布の下に後生大事に入れている男の部屋、「神さま？ 神さま？」とわめく女の部屋、青い肌をした男の部屋、もうたがいの名前も思い出せない夫婦の部屋。

俺はそこに長時間いたわけじゃない。週に十時間、十二時間、その程度だ。やることはほかにもあった。ちゃんとした仕事も探していたし、ヘロイン中毒者のためのセラピーグループにも行ったし、地元のアルコール依存症患者収容センターにも定期的に顔を出し、春の砂漠を散歩したりもした。けれども俺は、ベヴァリー・ホームのその円環状の廊下に対して、人間がこの世で生を終えて次の生を生きるまでのあいだ戻っていく場、やはりふたたび生まれるのを待っているほかの魂たちと交わる場に対して抱くのと同じような気持を抱いていた。

木曜の夜はたいてい、監督教会派教会の地下でやっているAA〔アルコール中毒者更正会〕の会合に出かけた。折りたたみ式のテーブルをみんなで囲んで座ると、まるっきり沼にはまった人間たちみたいだった――目に見えないものをばしばし叩いたり、そわそわもじもじ動いたり、ぼりぼり掻いたり、腕や首をごしごしこすったり。「僕は夜中に歩き回ったものでした」と、クリスという名の男（ディトックスにも一緒にいたことがあるからまあいちおう友だちだ）が言った。「たった一人で、まるっきりメチャクチャの有様で。そんなふうに、窓にカーテンのかかった家々の前を通りながら、荷車にどっさり載った罪を引いて歩いているような気になったことはありますか？　そして考えたことはありますか、あのカーテンの向こうで他人はまともな、幸せな暮らしを送っているんだと？」。べつに本気で問いかけたわけじゃない。何か言う順番が来たから言ったまでだ。

でも俺は席を立って部屋を出て、教会の外に立ち、低タールの不味い煙草を喫って、訳のわからない言葉をはらわたが抱えてのたうち回るのを感じていた。そのうちやっと会合が終わって、近所まで乗せてくれる人間を俺は探した。


メノナイトの夫婦と俺のスケジュールは、いまやほとんど調和していると言ってよかった。陽が沈んだあと、二人の住むタウンハウスの外で急激に冷えていく闇のなか、俺は長い時間を過ごした。もうこのころにはどの窓でもよかった。俺はとにかく二人が一緒に家にいるのを見たいだけだった。

彼女はいつも長いスカートをはいて、かかとの平たいウォーキングシューズかスニーカーに上品な白い靴下をはいていた。髪はピンで止めて、白い頭布《スカルキャップ》で覆っていた。濡れていないときの髪は完全にブロンドだった。

もういまでは、彼らがリビングルームに座ってただ喋ったり、ほとんど喋らなかったり、聖書を読んで、お祈りの文句を唱え、キッチンの小部屋で夕食を食べたりしているのを見るのも、シャワー室の裸の彼女を見るのと同じくらい楽しかった。

十分暗くなるまで待てば、通りから見られずにベッドルームの窓の前に立つことができた。何晩かは、二人が寝つくまでそこにいた。でも彼らは一度も愛しあわなかった。俺が知るかぎり、ただ並んで横たわって、一度も触れあいさえしなかった。こういう宗教的コミュニティでは、何らかのスケジュールを守らされるのだというのが俺の推測だった。たがいの体を、彼らはどれくらいの頻度で許されるのか？　月に一度？　それとも年に一度？　あるいは、子供をもうける目的にのみ許される？　ひょっとしたら朝がそのときなのだろうか、俺は朝に来るべきなのだろうか。でも朝では明るすぎる。早くその現場を見なくては、と俺はあせってきた。いまはまだ窓を開けたままカーテンも閉めきらずに寝ている。もうじきそれにも暑すぎるようになって、冷房を入れて、すっかり閉めてしまうだろう。

一か月か、ほぼそれくらい経ったところで、彼女が大声を上げるのが聞こえた夜が訪れた。二人はほんの何分か前にリビングルームを出たばかりだった。服を脱ぐ時間もろくになかったんじゃないか。二人ともリビングルームでは、少し前まで読んでいたものを片付けて、静かに話していた。夫はカウチに仰向けに横たわり、妻はカウチと直角に置いた安楽椅子に座っていた。その時点では、夫には愛に燃える男といった雰囲気も、欲望をそそられたような様子もまるっきりなかった。ただ少し落着かないふうで、コーヒーテーブルのへりになんとなく片手で触れて、喋りながらテーブルを揺すっていた。

でもいまは二人とも喋っていなかった。なんだかまるで、彼女が歌っているときとほとんど同じ感じだった。これまで何度も、周りには誰もいないと彼女が思っているときに聞こえたときと同じ感じだった。俺はリビングルームの窓からベッドルームへ急いだ。

ベッドルームの窓は閉まっていたし、カーテンも閉まっていた。何を言っているかは聞こえなかったが、ベッドのスプリングのきしみははっきり聞こえた気がした――そして彼女の素敵な叫び声も。じきに亭主も叫びはじめた。演壇に乗った牧師みたいな声だ。そして俺は外の闇にひそんで、ぶるぶると、腹の底から指先まで震えていた。カーテンの端の、五センチのすきま。それだけ、それだけが、世界中で唯一俺に与えられたものだという気がした。ベッドの片隅が見え、リビングルームから漏れてくる細い光の帯のなかを動く影が見える。俺は不当な扱いを受けた気がした。今夜はそこまで暑くないじゃないか。よその家は窓を開けてるじゃないか。声、音楽、テレビのコマーシャルが聞こえ、車が通り過ぎる音、スプリンクラーがしゅうしゅう言う音が聞こえた。けれどもメノナイトの二人が立てる音はほとんど聞こえない。俺は見捨てられ、のけ者にされた気分だった。いまにも石でガラスを割りかねない勢いだった。

だが彼らの叫びはすでに終わっていた。窓の反対の端の、カーテンがもっときちんと閉まった側を試してみると、見える幅は狭くても、角度はこっちの方がよかった。こっちからは、リビングルームの光のなかで影が動くのが見えた。実のところ、二人はベッドにたどり着きさえしていなかった。二人ともまっすぐ立っていた。情熱的に絡みあっていた、というのではない。むしろ、たぶん争っていた。ベッドルームランプが点いた。それから、ひとつの手がカーテンを引いた。そうやって俺はあっさり、彼女の顔をまじまじと見据えていた。

逃げようかと思ったが、その衝撃にあまりにぞっとして、俺はにわかに、どう動いたらいいかもわからなくなった。でも結局、それでも大丈夫だった。俺の顔は彼女の顔から五十センチと離れていなかったが、外は暗かったので、彼女には自分の鏡像が見えるばかりで俺のことは目に入らなかったのだ。寝室には彼女しかいなかった。服も全部着ていた。以前どこかで、車が一台ぽつんと駐車しているところを通りかかって、前の座席にギターだかスエードの上着だかが置いてあって、こんなの誰でも盗めるじゃないか、と思って心臓がぴくぴくはためいたことがあるが、このときの心臓も同じだった。

俺は彼女の前、窓をはさんで闇の側に立ち、実際そんなによくは見えなかったものの、彼女が取り乱しているらしいことは伝わってきた。泣き声が聞こえる気がした。手をのばせば涙の粒に触《さわ》れそうなほど近くに俺は立っていた。すっかり影に包まれているから気づかれはしないと思ったが、動いてしまったらそうも行くまい。だから俺は極力じっとしていた。彼女はぼんやり片手を頭に持っていって、小さなボンネットを、頭布を外した。その暗い顔をじっと覗き見ていると、この人は悲しんでいるにちがいないと俺は確信した。下唇を噛んで、呆然と前を向き、涙が頬を流れるに任せている。

一分かそこらで夫が戻ってきた。部屋のなかに何歩か踏み込んできて、こう、ボクサーかフットボールの選手みたいに一瞬立ちどまった。傷を抱えて歩こうとしている感じ。二人は喧嘩していたのであり、夫は謝ろうとしている。そこにつっ立って、あごに言葉がひっかかったまま、両手に謝罪を抱えているみたいな様子から明らかだ。だが妻は夫の方を向こうとしなかった。

妻の前にひざまずいて、彼女の足を洗うことで夫は口論を終わらせた。

まずもう一度部屋を出ていって、しばらくして桶を持って戻ってきた。皿洗いに使う黄色いプラスチックの桶を慎重に運んでいる様子からして、水が入っていてぴちゃぴちゃはねていることは間違いなかった。一方の肩にはふきんを掛けていた。桶を床に下ろして、片膝をつき、あたかも彼女にプロポーズするかのように頭《こうべ》を垂れた。彼女は少しのあいだ、たぶんまる一分くらい動かなかった。外の闇にいる俺にはものすごく長い時間に思えた。大きな寂しさと、いまだ生きられざる生涯に対する恐れを俺は抱え、俺には決して生きられない無数の人生の雑音をテレビや庭のスプリンクラーが立て、車は移動の音、触ることも捉えることもできない動きの音とともに走りすぎていった。やがて妻は夫の方を向き、テニスシューズをするっと脱いで、うしろに手を回し、片方ずつ持ち上げたくるぶしに触れて小さな白い靴下を引きはがした。そして右足の爪先を指一本、それから足全体を水に浸した。足がだんだん下がって、黄色い桶のなかに消えていく。夫は肩のふきんを手にとり、一度も顔を上げて妻を見ることなく、洗いはじめた。

このころにはもう俺は地中海風の美人とデートしていなかった。別の、普通の大きさの、ただし体の不自由な女とつきあっていた。

彼女は小さいころ脳炎にかかった。嗜眠性《しみんせい》脳炎。そのせいで、卒中のように、体が真っ二つに分断されることになった。左腕はほとんど使いものにならなかった。歩くことはできたが、左脚を引きずっていた。一歩進むたびに、うしろで左脚をぶるんと振り回す。興奮すると、そして愛しあうと特に興奮するのだが、麻痺した腕がぴくぴく震え出し、じきに持ち上がって、宙に浮かんで奇跡の敬礼を送ってよこした。そんなとき彼女は船乗りみたいに汚い言葉をわめき、口の端（麻痺していない方の側）から罵りの文句をまき散らした。

俺は週に一回か二回、彼女のワンルームアパートに行って、朝まで泊まっていった。だいたいいつも俺の方が先に目を覚ました。たいていはベヴァリー・ホームのニューズレターの続きをやった。表では砂漠の鮮明さのなか、共同住宅の小さなプールで住人たちがばしゃばしゃはねた。俺はペンと紙を持って彼女の部屋のダイニングテーブルに向かい、メモを見ながら書いた。「特報！　4月25日（土）午後6時半、トールソンの南部バプチスト教会のグループが、ベヴァリー・ホーム居住者のために聖書仮装劇を上演してくれます。心を洗われること請けあい——お見逃しなきよう！」

彼女はしばらくベッドにとどまって、まだ少し眠っていようと、もうひとつの世界にしがみついていた。でもじきに起き上がって、バスルームに向かってのっしのっしのっし、シーツで体を半分包んで、狂おしい弧を描く片脚を引きずって進んでいった。朝目覚めて最初の数分は麻痺もかなりひどいのだ。それは何とも不健全であり、ひどくエロチックだった。

彼女が起きると二人でコーヒーを――インスタントにローファットミルク――飲み、彼女は俺に、いままでつきあったボーイフレンド一人ひとりのことを話す。こんなにたくさんの男とつきあってきた人間は聞いたことがなかった。大半の男は短命に終わっていた。

そういう朝に彼女のキッチンで一緒に過ごす時間は気持ちがよかった。彼女もそう思っていた。俺たちはたいてい裸だった。喋っているあいだ、彼女の目はある種の輝きを発した。それから俺たちは愛しあった。

ソファベッドはキッチンから二歩のところにあった。俺たちはその二歩を歩んで、横になる。幽霊と陽光が周りに漂っていた。記憶、最愛の人々、みんなが見守っていた。彼女のボーイフレンドの一人は列車事故で死んだ。線路の上で車がエンストを起こし、機関車が来る前にエンジンをかけ直せるものと踏んだのだが、その読みは甘かった。アリゾナの北の方の山脈で、常緑樹の大枝の迷路から落ちた男もいた。樹木医だか何だか、その手の仕事をしている男だったが、墜落して頭は砕けた。二人は海軍に入っているあいだに死んだ(一人はベトナムで、もう一人のもっと若い方は、基礎訓練を終えたあと、車で走っていて謎の自損事故で死んだ)。黒人も二人いて、一人はドラッグのやり過ぎで死に、もう一人は刑務所で刺し殺された。木工作業所の道具でやられたのだ。こうした連中は大半、死んだ時点ではもうとっくに彼女と別れたあとで、一人孤独な道を行っていた。俺たちと変わらない、でもツキのない連中。陽あたりのいい小さな部屋で彼女と一緒に横たわりながら、俺は彼らを甘美に憐れむ思いで一杯だった。彼らがもう二度と生きないことを悲しみ、その悲しみに酔い、いくら酔っても酔い足りなかった。

ベヴァリー・ホームでの俺の勤務時間中に、正規の職員が交代する時間があって、来た人間帰る人間、大勢がタイムレコーダーのあるキッチンに集まった。俺はよくそこに行って、美人の看護婦たちといちゃついた。俺はやっと素面で暮らすことを学びはじめているところだった。実際、俺はまだしじゅう混乱していた。特に、服用していたアンタビュースがごく稀な副作用を生み出していた。頭のなかで呟く声が時おり聞こえ、世界の縁がじゅうじゅうくすぶっているように思えることもしょっちゅうだった。それでも毎日、体は少しずつよくなっていったし、見かけもまともさを取り戻しつつあり、気持も前向きになってきていた。なんのかんの言っても、俺にとっては幸せな時期だった。

ああいう変てこな連中が大勢いて、俺は奴らに囲まれながら毎日少しずつよくなっていく。それまで俺は一度も、俺たちみたいな人間の居場所があるかもしれないなんて全然知らなかったし、一瞬たりとも想像したことすらなかったのだ。

訳者あとがき

この短篇集の原書がアメリカで刊行されたのは一九九二年である。以来、多くの読者に衝撃を与え、二十世紀末にアメリカで出た短篇集といえばまず誰もが名を挙げる一冊でありつづけている。

一九八〇年代から九〇年代初頭にかけて、アメリカで書かれる小説の多くは――特に短篇小説は――社会の繁栄から取り残された、周縁的な立場に置かれた人々の悲惨な暮らしを描いた作品が多かった。家庭崩壊、虐待、アルコール依存、失業、人間関係全般の行きづまり……とにかく、少し誇張していえば、あたかも作家同士、「誰がいちばんみじめな人生を描けるか」競争をしているかのような感があった。

そうした流れの中で、最良の作品を書き、またそういう流れをある程度作っていたのは、言うまでもなくレイモンド・カーヴァーである。強く正しいアメリカの復権を唱えるレーガン政権の空威張りなどまるで聞こえぬかのように――あるいは、その白々しさを裏側から照らし出すかのように――何の理由もなしに崩れていく自分の人生を呆然と見つめる人々のありようをカーヴァーは描きつづけた。

本書『ジーザス・サン』は、ある意味でそういう流れの突端にあったとも言えるし、またある意味では、そういう流れをはるかに超えたところにいたとも言えると思う。刊行当時、初めて読んだときに僕がまず感じたのも、これはカーヴァーをさらにとんがらせた感じだな、という思いだった。この短篇集に出てくる人物たちはみんな、多くの場合自分の人生をわざわざ自分から駄目にしようとしているように見える。中流階級的な、よき市民としてのモラルや義務からこれほど遠いところにいる人間たちもそうざらにはいない。といってもそれは、「反体制」などといった格好いい生き方とは全然関係がない。他人を時に——それもはなはだしく——損ないもするものの、多くの場合、彼らが一番損なっているのは彼ら自身だからだ。その凄絶さを見ていると、カーヴァーの人物たちの抱えている失業やアルコール依存といった問題さえ、ほとんどマイルドに思えてしまう。

だが、こういう見方は、いま考えると、カーヴァーに対してもジョンソンに対してもフェアではないと思える。言うまでもなく、書かれている内容の強烈さが、作品としての強烈さを保証するわけではまったくない。カーヴァーにはカーヴァーの切実さがあり、ジョンソンにはジョンソンの切実さがある。その両方を読めることを我々は喜べばいい。

いま読んでみると、『ジーザス・サン』で何より目立つのは、そこらじゅうに地雷が仕掛けられているかのような、その文章にみなぎる電位の高さである。突如出てくる、書き違いではないかと思えるような一見場違いなフレーズ（たとえば「ヒッチハイク中の事故」や「仕事」の終わりの一文）は何度読んでもインパクトを失わない。そうしたほとんど幻覚のような衝撃力を持った言葉が出てくるのは、登場人物たちのみならず、作者デニス・ジョンソン自身がかつて薬物常用者だったこととある程度は関係しているにちがいない。だが言うまでもなく、薬物常用経験者なら誰でもジョンソンのように書けるわけではない。

この短篇集の語り手は、何度かほかの人物から「ド阿呆《ファックヘッド》」と呼ばれていて、いちおうすべて同一人物と考えてよさそうである。その意味で、この本は連作短篇集的な要素も強い。語り手がはっきり社会復帰への意志を示している作品「ベヴァリー・ホーム」が最後に置かれ、逆に冒頭には、出来事も人々の心情もまさに地獄のような様相を呈している「ヒッチハイク中の事故」が置かれていることから考えると、一人の人間が地獄の底から這い上がってくる一種の成長小説と読むこともできるだろう。少なくとも、この短篇集が、「ベヴァリー・ホーム」ではじまり「ヒッチハイク中の事故」で終わる、という配列は考えにくい。

とはいえ、そのように本書を一直線的な動きにまとめてしまうと、さまざまな強烈なイメージがいたるところで炸裂しているこの本のパワーを見逃してしまいかねない。しいてテーマ的な要素に注目するとすれば——一文一文のインパクトを受け止めさえすればそれすら必要ない気がするが——時おり垣間見える、超越的なもの・宗教的なものへの志向だろう（何しろジョンソンは、どうしてこの人たちはここまで自分の人生を駄目にしたいのだろう、と思えるような生き方をする人たちを描いた第一長篇にも *Angels* という題をつけているのだ）。たとえば、「緊急」に出てくる、吹雪のなかに突如現われた天使たちのイメージ。むろん、読み進めればすぐに、それが単にドライブイン・シアターの画面であることが判明するわけだが、あの一節にしても、単に語り手たちの愚かさを嗤《わら》うことが眼目だとはとうてい思えない。『ジーザス・サン』の宗教性については、ジャック・マイルズによる見事な評論があって、まさにこの一節も論じているので、それを引用してみよう。

「神は松葉杖だ。だが人間は脚が折れている」という落書きを、私はあるときシカゴのロヨラ大学の男子便所で見かけた。ジョンソンの登場人物たちは、脚よりもっとひどいところが折れているのであり、その結果として、宗教に惹かれている。私たちは、（たとえば『マクリーンの川』のように）信仰を持っていた子供のころをふり返る物語に慣らされている。もはや信じる可能性すらなくした、悲しい、だが落着いた大人の視点から、神を信じていられた幼年期を懐かしく回顧するというわけだ。なぜかこうした物語が、聞き慣れた、ほとんど不可避の旅であるように思えるのである。だがジョンソンはそのような、神を懐かしみ神に絶望している「宗教以後」の人々ではなく、むしろ、人間を懐かしみ人間に絶望している「宗教以前」の者たちを描く。ジョンソンが描くたぐいの人々にとっては、もはや人間を信じることより、神を信じることの方が容易なのだ。言いかえれば、失われる信仰には二種類があって、どちらの種類も、ひとたび失われれば、もう一方の種類へと人を導きうる。短篇「緊急」においても、降る雪のなか、語り手はドライブイン・シアターの画面を一目見て、一瞬、天国を見ているのだと思って恍惚に浸る。それほど語り手は、そのような幻視、そのような解放に対して、ひらかれている。そのようなひらかれ方を、私は「宗教以前」と呼びたい。「宗教以後」とは、天国の情景を見て（あるいは、たとえばエル・グレコが描く天国の情景を見て）「これってなんか、映画のシーンみたいだなあ」と思ってしまうことである。

(Jack Miles, "An Artist of American Violence," *Atlantic*, June 1993)

「緊急」のああした場面を読むとき、我々はこうした人物たちの、世界に対する「ひらかれ方」(readiness) を羨ましく思ったりもする。ただし、これはマイルズも強調していることだが、ジョンソンは彼らを決して美化したり、英雄視したりはしない。中流階級のまっとうな生き方に憧れているわけではもちろんないが、アウトローの美学などといったロマンティシズムとも無縁であることが、『ジーザス・サン』をきわめて強い作品にしている。

何冊も長篇や詩集を出しているにもかかわらず、あまりにも誰もが『ジーザス・サン』ばかり話題にすることにいささか辟易しているように見えたデニス・ジョンソンだが、二〇〇八年、大作『煙の樹』（*Tree of Smoke*）が全米図書賞を受賞したことで、そうした事態もだいぶ是正されてきたように見える。長篇についての詳しい解説は、じき出版される『煙の樹』の訳者あとがきに譲るとして、ここでは、長篇のタイトルと発行年のみ挙げておく。

Angels (1983)
Fiskadoro (1985)
The Stars at Noon (1986)
Resuscitation of a Hanged Man (1991)
Already Dead: A California Gothic (1998)
The Name of the World (2000)
Tree of Smoke (2007)
Nobody Move (2009)

このほかに、詩集や戯曲、ノンフィクションの著作などもあり、一九九一年七月の『エスクァイア日本版』には湾岸戦争後のサウジアラビアをルポした「砂漠で見た、生と死の幻影——兵士が天国の扉をたたくとき」が訳されているし（越川芳明訳）、また、村上春樹編訳『月曜日は最悪だとみんなは言うけれど』（中央公論新社）には「シークレット・エージェント」が収められている。『ジーザス・サン』の作品中、既訳を挙げると、「ダンダン」は青山南訳（『エスクァイア　日本版』一九八九年十一月）、村上春樹訳（村上編訳、中央公論新社『バースデイ・ストーリーズ』）、「シアトル総合病院の安定した手」は青山南訳（『エスクァイア　日本版』一九八九年十一月、訳題は「パンパン」）がある。また何本かは拙訳が雑誌などに掲載された。雑誌・アンソロジー掲載時の担当編集者の皆さんにお礼を申し上げる。

そして、白水社編集部の藤波健さんには、新しい世界文学シリーズ第一作にこの（日本では）知られざる傑作を選ばれたことに拍手をお送りするとともに、訳者として抜擢してくださったことにお礼を申し上げる。

なお、『ジーザス・サン』はアリソン・マクレーン監督により映画化されていて（一九九九年公開）、訳者は未見だが、ジョンソン自身もチョイ役で出ているそうである。役柄は、「緊急」で妻にナイフを目の脇に刺される男。

二〇〇九年一月

柴田元幸

訳者略歴
一九五四年生　東京大学文学部教授
主要著書
『生半可な學者』（白水Uブックス）
『死んでいるかしら』（新書館）
『生半可版　英米小説演習』（研究社）
『アメリカ文学のレッスン』（講談社現代新書）
『アメリカン・ナルシス』（東京大学出版会）
『翻訳教室』（新書館）
主要訳書
S・ミルハウザー『イン・ザ・ペニー・アーケード』『三つの小さな王国』『バーナム博物館』『マーティン・ドレスラーの夢』（以上白水Uブックス）
P・オースター『ナイフ投げ師』（白水社）
『幽霊たち』『孤独の発明』『ムーン・パレス』（以上新潮文庫）
『鍵のかかった部屋』『最後の物たちの国で』（以上白水Uブックス）
S・エリクソン『黒い時計の旅』（白水Uブックス）
S・ダイベック『シカゴ育ち』（白水Uブックス）
『僕はマゼランと旅した』『それ自身のインクで書かれた街』（以上白水社）
B・ユアグロー『一人の男が飛行機から飛び降りる』（新潮文庫）
『セックスの哀しみ』（白水Uブックス）
R・パワーズ『舞踏会へ向かう三人の農夫』（みすず書房）
T・R・ピアソン『甘美なる来世へ』（みすず書房）
M・リチャードソン編『ダブル／ダブル』（共訳、白水Uブックス）

ジーザス・サン

二〇〇九年三月一五日　第一刷発行
二〇一九年四月五日　第二刷発行

訳者 © 柴《しば》田《た》元《もと》幸《ゆき》
発行者 及川直志
印刷所 株式会社三陽社
発行所 株式会社白水社

東京都千代田区神田小川町三の二四
電話 営業部〇三（三二九一）七八一一
編集部〇三（三二九一）七八二一
振替 〇〇一九〇-五-三三二二八
郵便番号 一〇一-〇〇五二
www.hakusuisha.co.jp
乱丁・落丁本は、送料小社負担にてお取り替えいたします。

誠製本株式会社

ISBN978-4-560-09001-5

Printed in Japan

エクス・リブリス
EXLIBRIS

煙の樹
デニス・ジョンソン　藤井光訳

ベトナム戦争下、元米軍大佐サンズとその甥スキップによる情報作戦の成否は？『ジーザス・サン』の作家が到達した、「戦争と人間」の極限。山形浩生氏推薦！《全米図書賞》受賞作品。

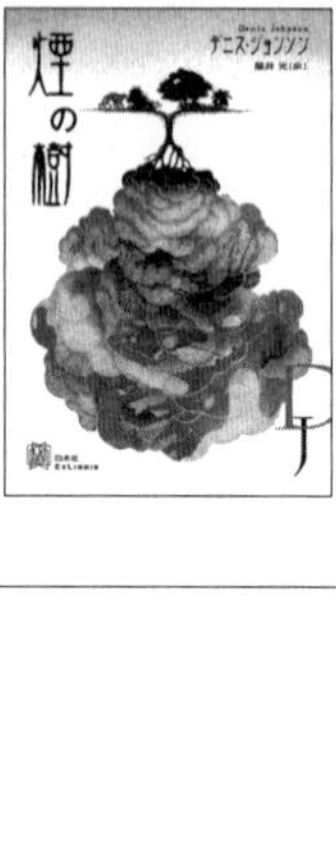

海の乙女の惜しみなさ
デニス・ジョンソン　藤井光訳

二〇一七年に没した鬼才が死の直前に脱稿した、『ジーザス・サン』に続く二六年ぶりの第二短篇集。どん底から救済を夢見る人々の姿を見つめた、「老い」と「死」の匂いが漂う遺作。